U0754238

谁砌玉鳞上碧天

银辉一抹遍人寰

神幡佛寺转经简

祝你容颜亿万年

杜奎昌诗文选集

杜奎昌 著

云南大学出版社
Yunnan University Press

图书在版编目（ＣＩＰ）数据

杜奎昌诗文选集 / 杜奎昌著. -- 昆明：云南大学
出版社, 2019
　　ISBN 978-7-5482-3845-4

Ⅰ. ①杜… Ⅱ. ①杜… Ⅲ. ①诗集－中国－当代②散
文集－中国－当代 Ⅳ. ①I217.2

中国版本图书馆CIP数据核字(2019)第283693号

策划编辑：王　磊
特邀策划：孙吟峰
责任编辑：王　磊
封面设计：王婳一
封面题字：杜奎昌

杜奎昌◎著

出版发行：云南大学出版社
印　　装：昆明理煜印务有限公司
开　　本：787mm×1092mm　1/16
印　　张：10.5
字　　数：110千
版　　次：2019年12月第1版
印　　次：2019年12月第1次印刷
书　　号：ISBN 978-7-5482-3845-4
定　　价：49.80元

社　　址：昆明市一二一大街182号
　　　　　　（云南大学东陆校区英华园内）
邮　　编：650091
发行电话：0871-65033244　65031071
网　　址：http://www.ynup.com
E - mail：market@ynup.com

若发现本书有印装质量问题，请与印厂联系调换，联系电话：0871-64167045。

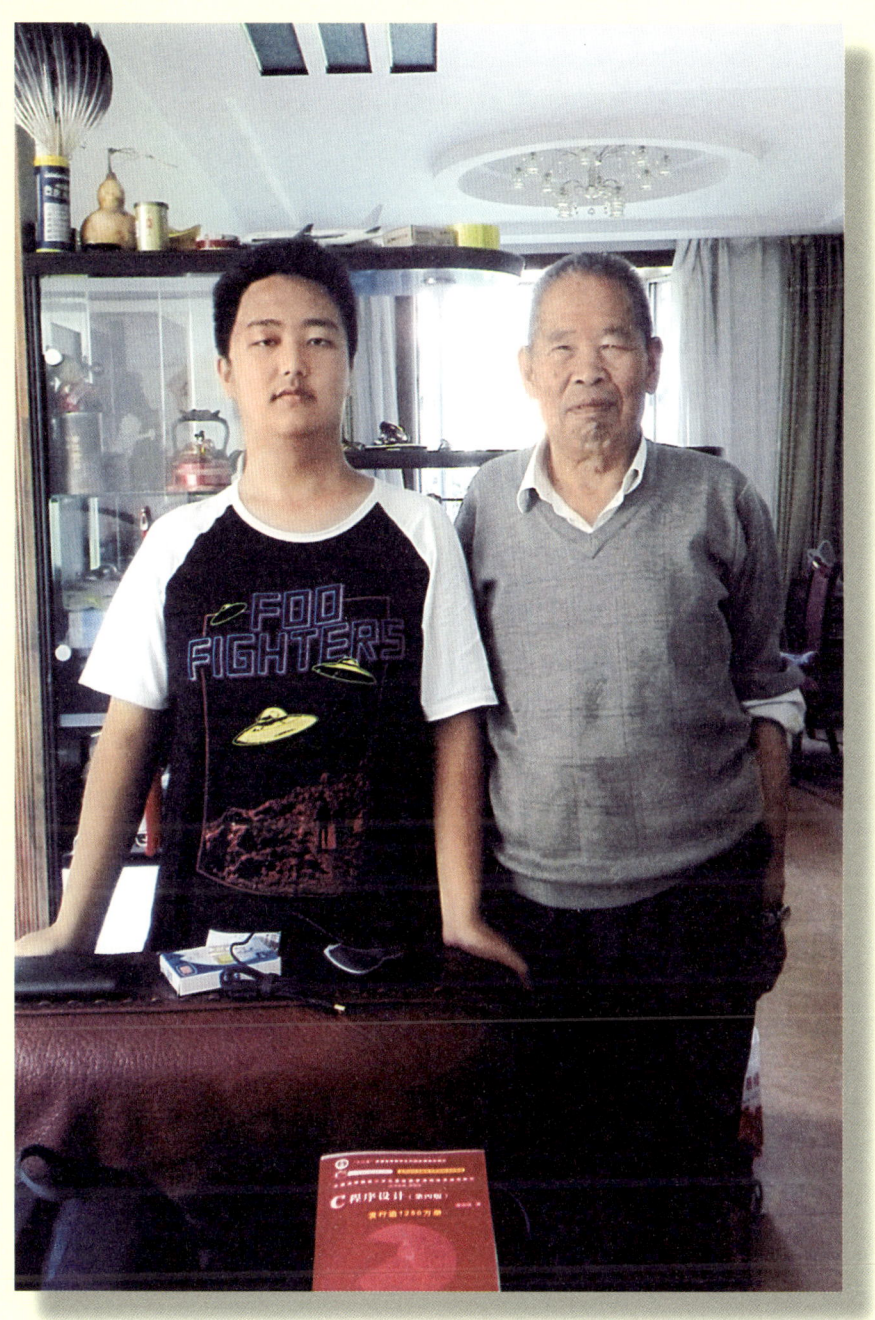

作者与外孙合影

作者书法作品

写在卷首的话

1969 年底我由新华社云南分社，调往新华社黑龙江分社工作，1979 年 10 月又由黑龙江分社调回云南分社。在黑龙江分社以及先后在云南分社工作期间，我一面遵照领导的安排，深入基层采写各类新闻稿件，一面利用在采访过程中获得的某种感受，在心血来潮之际写了一些诗歌作品。这本选集收录的 24 首诗歌和 26 篇文章，就是从这段时间以及 1998 年退休之后所写作品中挑选出来的。

由于我从小受家乡父老喜欢唱山歌这种风气的影响，以及在学校读书期间，特别是在云南大学中文系求学时，接受中国传统诗风的熏陶，所以我的诗歌习作都是在这个基础上，再结合后来一时一地的实际感受产生的，其用意是希望在当代如何写诗这件事情上，做一点尝试性的探索。

收录于本书的 26 篇文稿，除了新闻报道外，还有几篇是就某个问题所作的论述。其中的新闻作品，记录了我工作期间所处的那个年代的一些社会风貌，以及当时为中外人士关注的某些文化热点，觉得尚有一定的可取之处。这其中有几篇新闻报道，是在分别与分社其他几位同事共同采访的过程中形成的。

每当想起我从一个家境贫寒的农家子弟，在共产党的领导下翻身上学读书，特别是在 20 世纪 50 年代中后期以及 60 年代初期，完全靠国家的助学金读完中学和大学的经历，心中总有一种说不完道不尽的感激之情。因此，在步入耄耋老年之际，不揣冒昧出版这本小小的诗文作品选集，完全是为了表达上述心意做出的考虑。

　　　　　　　　　　　　杜奎昌 2019 年 4 月于昆明
　　　　　　　　　　　　时年八十有一

目　　录

诗　歌

文　章

诗歌

咏 雪

大雪白如玉，高洁拥天地，
即便化为水，春禾添新绿。

黑龙江某农场见闻

地里吃饺子，真是新鲜事，
春满北大荒，处处创奇迹。
农工耕作忙，后勤更积极，
饭菜花样多，又出好主意，
食堂包饺子，送到田间去。
铁锅架地上，顿时炊烟起，
饺子吃上口，心里乐滋滋，
热风拂热面，晴空荡笑语。

耢雪催春

南国春滴翠，北疆盖雪被，
农事不等人，耢雪催春归。
铁牛红似火，映雪更生辉，
马达破寂静，招来暖风吹，
冰雪碾入泥，化入黑土内。
农场家业大，产粮列首位，
不日能播种，丰收在人为。

哈尔滨烈士陵园扫墓

当年日寇罪难书，手段残忍似饿虎，
抓住抗联领导人，开胸破肚取头颅，
颗颗头颅药浸泡，留作侵华之证物。
日寇投降春雷响，欢喜之余也心伤，
陵园陈列此头颅，警示国人要自强。
踏雪扫墓清明节，伫立良久意情长，
面对先烈泪倾盆，血海深仇哪能忘？

参观铁人一口井

大庆油井赛繁星，这口油井最招人，
千里迢迢来参观，见到铁人格外亲。

如同报上那模样，铁人满脸笑吟吟，
讲会战来忆传统，首先就讲这口井。

为找石油治油荒，毛主席啊发号令，
铁人挥戈来参战，告别玉门到大庆。

一脚踏上大草原，胸中卷起浪千顷：
"石油工人一声吼，地球也要抖三抖！"

钻机刚到火车站，铁人急着快开钻，
要把机器运前线，没有汽车怎么办？

莽莽荒原战歌起，皑皑白雪映红旗，
铁人领上众工友，肩扛背背运机器。

旭日升啊彩霞丽，高高井架竖立起，
铁人双手握煞把，钻机隆隆响天宇。

锣鼓喧天伴笑语，石油如水出大地，
铁人含泪挥双臂，纵情高呼毛主席。

这口油井打成功，铁人乘胜不松劲，
继续开钻遍四野，报捷佳音传喜讯。

他搞石油多少年，中国贫油受欺凌，
如今大庆有石油，扬眉吐气长精神……

面对铁人一口井，想铁人啊念铁人：
英雄业绩出英雄，顶天立地传后人。

风雪草原巡医忙

塞北边疆大草原，数九寒冬风雪天，
风吹雪扬如玉散，阔野茫茫雪雾间。

忽闻几声马嘶鸣，两匹骏马出雪烟，
两个姑娘骑马上，两个药箱红光闪。

一个姑娘圆脸蛋，赤脚医生叫牡丹，
身着紫色蒙古袍，大红头巾似火焰。

一个姑娘瓜子脸，医疗队员张海兰，
紧身棉袄长围脖①，几绺冰花眉梢前。

海兰来自大城市，巡回医疗到草原，
当初见马如见虎，如今骑马一溜烟。

雪地冰天马蹄急，深深足印甩后边，

---

①围脖：北方年轻女同志用红毛线织成，冬日里的大雪天出门时，将它先从下额起往上挽住头顶，然后再在脖颈上围一圈，只把脸露出来，以便御寒。

海兰举目看四野，心潮滚滚浪花翻。

牧区缺医又少药，牧民看病难上难，
政府组织医疗队，她便报名来锻炼。

草原深处传信来，仁钦阿布①老病犯，
集体羊群要人管，有病不离放牧点。

大草原，宽又宽，牡丹领头把路赶，
海兰心急如火燎，马蹄生风还嫌慢。

不怕寒风刺骨寒，不怕雪花迷人眼，
党的温暖送上门，风吹雪打有啥难！

半天赶到放牧点，蒙古包啊已不见，
追逐水草放羊群，仁钦阿布把家搬。

人搬家，怎么办？海兰双眉拧一线，
牡丹劝她往回走，她说等我想想看：

"若是继续往前找，风急雪大天傍晚；
若是返回生产队，又怕治病受拖延。"

---

①阿布：蒙语，对老年男人的尊称。

海兰想起白求恩，一团烈火胸中燃：
"咱俩继续往前找，不见阿布心不甘！"

牡丹听得这番话，搂过海兰贴胸前，
两串笑语震长空，两颗心儿紧相连。

仁钦搬家时不远，勒勒车①印尚可辨，
牡丹海兰重上马，双腿一并马蹄欢。

顶风雪，斗严寒，仁钦新移放牧点，
白天带病去放牧，夜晚腰疼出虚汗。

忽然间，包门开，两个医生现眼前，
面对两个冰花女，仁钦一家皆愕然。

又听牡丹作介绍，老汉心中卷巨澜，
多少往事浮眼前，话未出口泪成串：

"旧社会，太黑暗，王爷牧主狼心肝，
逼死爹娘我更苦，沦为奴隶受熬煎。

日放骆驼跑断肠，夜依驼背地上眠，

---

①勒勒车：蒙古族牧民用木料打造，以牛马或骆驼套辕牵引的乘载家具。

天长日久作下病，风湿腰椎成伤残！"

听罢仁钦肺腑言，海兰浑身热劲添，
两个苦瓜一根藤，阶级情谊重如山。

海兰拿出听诊器，便把病情来诊断，
先服良药后打针，仁钦合眼睡得甜。

两个姑娘共商议，蒙古包里住几天，
代替患者去放牧，随时给他把病看。

海兰心红医术高，新针疗法有经验，
为给仁钦治腰痛，先在身上试针感。

牡丹伸手夺银针，态度端庄意志坚：
"要试针感我先试，比比身体谁强健？"

海兰把针藏一边，心情激动说主见：
"先试后试都一样，争来争去误时间！"

春风又绿大草原，仁钦病愈重开颜，
身板挺直笑声高，跃马如飞赛青年。

玉龙雪山即景

云净天幕开，仙女下凡来，
玉龙十三峰，千秋雪剪裁，
丽姿横空出，银装现异彩。
峰峰如素娥，一一齐登台，
起舞竞倩影，长袖掩娇态，
一曲《阿哩哩》①，唱彻蓝天外。

---

①阿哩哩：纳西族传统歌曲的名称。

在迪庆藏家做客

纵虽初识又何妨，茶打酥油醉客肠。
道及藏家古今事，雪峰千嶂映夕阳。

题藏家歌手

雪域精神雪域魂，敞怀一曲动乾坤。
只缘灵性通天地，善舞能歌好嗓音。

藏区农村偶成

盖新房，打阿戛①，心里怎不乐开花？
舞姿伴随劳作起，歌入云霄绕云霞。

———————

①打阿戛：藏族用语。藏区农村在一根细木棍的下端，穿斗上一个平底木头锤子，用它来夯实铺在屋顶上的泥土。

梅里雪山远眺

堆砌玉鳞上碧天，银辉一抹遍人寰。
神幡佛寺转经筒，祝你容颜亿万年。

老年人晨练

红绿彩扇扇一片，晨光一缕花争艳。
舞姿翩翩练身忙，神清气爽现童颜。

观 鱼

似飘游在蓝天上，如嬉戏于白云间，
因有一潭清泉水，始得灵性成自然。

冬日里的昆明海埂大堤

满湖海鸥满堤人，人抛鸥粮鸥争临。

欢声笑语人鸥乐，如此景致何处寻?

凭吊腾冲国殇墓园

腾冲城郭南，一山入云端，
山前忠烈祠，山上有陵园。
当年远征军，滇西大血战，
腾城变焦土，终把倭贼歼，
四千中华魂，立碑山之巅。
我来吊英烈，一一细端看，
行行复行行，思绪卷狂澜：
华夏浩然气，长留天地间。

傣家姐东村纪行

何处能醉人？傣家姐东村。
榕树蔽天日，龙竹恋白云，
清溪现彩石，稻田铺黄金。
竹楼幽径深，弄早①笑脸迎，
桌上撒皮②香，杯中米酒醇，
地好人也好，忘归远客心。

———————

①弄早：傣语，类似汉语中的老伯、老爷子这样的词汇。
②撒皮：傣家人一种可口的凉拌菜。

过牛栏江忆旧

当年家贫寒，读书哪来钱？
学校放暑假，到此运煤炭。
江涛惊峡谷，险峰上云端，
骄阳胜似火，山路难登攀。
年方十四五，重担压双肩，
一步一喘息，一步汗一串。
来回六十里，一天三毛钱，
爬到山之巅，纵情一呼唤。

1983年春在楚雄农村采访

三月该下雨，却把浓霜降。

蚕豆刚结荚，麦穗待灌浆。

晨起推门看，田野白茫茫。

日出霜化尽，豆麦变枯黄。

春荒盼接济，农家情凄怆。

一稿发总社，上达党中央。

赞环卫工

手握竹扫把，倩影映朝霞，
长街明如镜，汗水除沉渣。

赞交警

车浪人流设岗台，警徽一朵放光彩，
肩摩毂转奔腾去，万马千军好帅才。

记山村人家

垒埂造田十余载，五谷丰登乐开怀：
"幸福不会从天降，小康坐着等不来！"

追忆白求恩大夫

医术回天胜刀枪，来华抗日意情长，

助我八路杀倭贼，热血一腔洒太行。

毛主席送子当兵

　　每当想起当年毛泽东主席送儿子毛岸英参军上前线，抗美援朝为国捐躯一事，心情总是久久不能平静。于是，写成此诗作为这种感情的表达。

开国大典刚庆毕，邻邦突报烽烟起，
美帝侵朝乃跳板，扼杀中共是本意。
华夏百年多劫难，国弱民穷待养息，
面对头号侵略者，可否兴兵举义旗？
烽烟起，战火急，号令一声震天地，
英雄儿女志愿军，抗美援朝去杀敌。
彭大将军司令员，重新披挂上朝鲜，
置酒壮行毛主席，岸英在座相陪伴。
风云世界助酒兴，更有乡情重如山，
谈罢国事谈家事，为儿请缨去参战。
彭总闻语口难开，双眉紧蹙情满怀：
千军万马我带过，岸英当兵谁敢带？
朝鲜战场战火辣，有个长短咋交待！
深秋时节北京城，风吹波澜满北海，
千古兴亡多少事，新风开创新时代。
彭总面对毛主席，此情此意全明白：

人民子弟上朝鲜，他当领袖能例外？
百难兴邦事事难，送子参军也应该！
敌强我弱我要强，浴血奋战好儿郎，
太岁头上敢动土，国威军威美名扬。
白头山峰入云霄，鸭绿江水千重浪，
桧仓城内陵园里，烈士坟墓影幢幢；
烈士坟墓影幢幢，岸英其间相依傍，
三尺墓碑一行字，晴天犹听惊雷响，
智者闻之泪潸然，愚者闻之起彷徨。

人间自有真情在

1990 年 4 月在丽江采访时，听到一位纳西族老大妈，专门要儿子陪伴她上北京瞻仰毛主席遗容的动人事迹，遂写成此诗以记此事。

他在九天感此情，心生热潮难平静，
哪来这位老妈妈，粗布衣衫蓝头巾，
七星背褡船口鞋，面容虔肃有精神，
寻寻觅觅难离去，虽说无言却有声：
自云滇省纳西女，家居丽江玉龙村，
从小长在旧社会，石板底下求生存，
最是衣破难遮羞，见人如同心扎针；
春雷一声天地变，爬出火坑得翻身，
四十年来苦与甜，倍觉救星情更深，
如今农家钱米多，万里迢迢上北京，
来到北京了夙愿，纪念堂里见恩人。
他在九天心潮起，又闻此语泪纵横，
人间自有真情在，民意乃是定盘星。

文章

人生舞台预演

市场经济在人才需求方面，既提供了机遇又提出了挑战。面对这一新形势，云南师范大学中文系文秘公关班的 80 多名同学，在毕业前夕各显其能自找门路，利用两个月实习的机会到社会上闯荡了一番，在人生舞台上做了一次预演。如今，两个月的时间在匆匆忙忙中一晃而过，他们返校后聚集在一起，津津有味地开了一次实习心得的汇报会。

这 80 多名精精干干，但脸上又多多少少还有些稚气的男女大学生，他们从各自实习的岗位上带回来的收获和体会，犹如一杯杯用各种配方酿造的果子酒，顿时把大伙儿都给陶醉了。哪怕是一次不该出的洋相，一丁点儿来之不易的成功，都会令每个与会者心潮激荡。掌声热烈，笑语喧腾，会场气氛一浪高过一浪。

这个身材瘦高，精明能干，名叫何成的小伙子，经过一番努力，昆明一家香港独资企业终于同意他到公司来实习。于是，他怀着既要崭露一下头角又有点胆怯的心情，到这家公司上班来了。小何干得不错，头脑灵光，办事能力强，英语讲得也蛮棒，给人留下很好的印象。特别是他负责起草的那份经济合同，从具体内容到文字功夫，几乎达到了无懈可击的程度，老板看了满意，他也从老板的赞语中得到了慰藉。实习尚未满期，老板就对何成说："行了，小伙子，你毕业后就到我们公司来上班吧。"

　　与何成相比，来自乌蒙山地区的丁武超却显得有点憨厚纯朴，他发言的时候也显得有点不自然，还不时用舌尖舔舔嘴唇。小丁到昆明某大宾馆实习初期，怎么调整心态也不大适应，班主任前去看他的时候，他握住老师的手差点掉下泪来。经过一段时间的磨炼，丁武超终于欢欢喜喜地忙碌开了。有一次，他陪两名泰国游客到一家商场购物，客人买到满意的东西，硬要塞给他 100 元人民币作小费。小丁想起"高尚的职业道德是做人的基石"这句名言，便坦然谢绝了客人的馈赠。

　　穿一袭可身的连衣裙，普通话讲得既标准又流利的女学生陈咏梅，在昆明某大旅社实习期间，脚勤手快，应酬自如，样样都干得令人感到满意。可是有一天，一个外国人打来的电话却将了她一军。话筒里传来的英语，开头几句听起来不成问题，她对答得也蛮好，可是再往下听，便把这个英语功底还不大厚实的姑娘给难住了，她支支吾吾地说不清道不明，对方无奈，赶忙说了声"Goodbye"就把话筒放下了。这个小小的钉子，既使陈咏梅看到了自己的差距，又让她鼓起了奋发图强的勇气。

　　"莫愁前路无知己，天下谁人不识君？"尽管市场经济在人才需求方面设置了道道难关，但只要你有真才实学，又能在观念上做一些调整，难关也是能够闯得过去的。云师大中文系文秘公关班即将毕业的这 80 多名学生，在实习期间掂量了一下自己的分量，有相当一部分同学被实习单位看上，表示愿意安排他们的工作；暂时还未碰到这种机会的那些同学，也在如何适应市场经济的挑选这个问题上试了试深浅，心中有了点谱气了。

　　汇报会最后，主持人请副校长于燕京老师讲话。这位曾经为造就文秘公关班这些学生付出过心血的校领导，置身于这样一种气氛之中，心情也很激动。面对眼前这一双双热切的目光讲点什么好呢？于副校长沉思片刻，只讲了这样简短的两句话："同学们实习的成果这样棒，我感到非常高兴。如果你们毕业后找工作有困难，我乐意继续为大家提供服务！"于是，会场里爆发出一阵更加热烈的掌声。

　　（本文原载于1995年6月12日《云南日报》）

"富要富得光荣，富得自豪！"

——记彝族农民普学顺助人为乐的事迹

云南峨山彝族自治县一个叫乐德旧的穷山村，170 户人家去年通过栽种烤烟，收入达到千元以上的就占了三分之一。提起这件事，村干部激动地说："我们一下子就抱回个金娃娃，其中也有普学顺的一份功劳呀！"

为了让乐德旧的各族农民尽快脱贫致富，1986 年春天，县乡两级政府决定扶持他们将一片荒地开垦出来种烤烟发展经济。由于开发工程大，要运的材料多，请来搞运输的除了普学顺，还有外地的两名开拖拉机的驾驶员。但这两名外地驾驶员一看山路难跑车，又嫌赚不了几个钱，便开着拖拉机走了。

村干部找到普学顺说："老普，你可不能走啊！"他笑呵呵地慨然答道："请放心，我普学顺不是那号人。"他不但没有打退堂鼓，还把他的孩子也叫来，爷儿俩开着两台胶轮拖拉机，连续苦干 4 个月，除了为修水渠、水池和建烤房，运了 300 多吨水泥、几万块红砖外，还帮忙翻犁了 400 多亩荒地。但工程结束后，他得到的报酬仅够支付油料费。

普学顺是峨山县宝泉乡大海洽村的一个彝族农民。党的十一届三中全会以后他靠开拖拉机跑运输，通过辛勤和诚实的劳动，让他家成了当地最先富裕起来的农户。面对每年有上万元收入的好光景，他常常在心里这样想："要是没有党的好政策，我普学顺也富不起来。"他还想起60年代初期，在学校里参加学雷锋活动留下来的许多美好记忆，决心为群众做一些好事，以此来表达对党的感激之情。

当国家开始发行国库券时，他一下子就买了1000元，而且连续数年这样做，一共买了8100元的国库券；当县上要重修烈士陵园时，他马上捐赠了1000元；当孤寡老人普桂玉跌伤身体时，他立即开上拖拉机将老人送进医院治疗，而且还让妻子去帮忙照看了好长时间；当他得知邻村贫困户沐正增家唯一的一头耕牛病死了的消息后，很快送去了500元，帮助这家人重新买来一头耕牛；当他在出车途中看到三户农民失火烧光了家产的凄凉景象时，当天就分别给每家送去40元钱、12斤大米、10个饭碗、1个洗脸盆……

一颗赤诚的心，一串闪光的事迹，让当地一些人感到雷锋精神依然存在，雷锋还活在他们身边。渐渐地，人们把普学顺也誉之为"彝家活雷锋"。

大海洽这个山区农村，过去一遇天阴下雨，寨子中间的泥土路烂浓浓的，穿鞋的人连个下脚的地方都难找。普学顺到外地跑运输，从城市里的柏油马路得到启发，决心要改变家乡这种老面貌。于是，他花了2000多元买来水泥、电杆、高压线、梧桐树苗，村里人一起动手，把土路铺成水泥路，在路两边架起电灯，栽上行道树。现在，梧桐树已经长得枝繁叶茂，傍晚时分，老人们聚在树荫下休息，年轻人会在树荫下一起玩耍，平添了几分社会主义新农村的景象。

普学顺开着拖拉机四处跑运输，无论走到什么地方，只要碰到别人有困难，都会倾心尽力地去帮忙。在他做过的许多好事中，还有这样一件给人们留下了特别深刻的印象。

一个夏天的傍晚，普学顺开着卸了货的拖拉机往回走，在山道上跑着跑着，突然看到一个年轻姑娘奄奄一息躺在路边的草地上，便赶忙刹车前去问个究竟。一打听才知道这个叫矣美英的姑娘，只身从家里出来找医生看病，到这个地方走不动就躺倒了。普学顺调转车头，拉上姑娘就往县城跑。到县医院经医生一检查，她得的是急性脑膜炎，要立即住院抢救，医生还要求把患者家属接来医院护理。

普学顺掏钱为矣美英办了住院手续，然后摸黑开上拖拉机帮她去接家属。可是刚出城跑了不多一会儿，车子就出故障了。他只好找到附近的一个村子里，向一家个体运输户租辆拖拉机开上，来回跑了三四十公里的山路，硬是连夜把矣美英的妈妈接到医院。

矣美英得救了，如今已结婚成家。山里人不会说太多的客气话，但她每年都要找机会到普学顺家来一趟，看看她的这位救命恩人。

"富要富得光荣，富得自豪！"面对社会上那些形形色色不正当的生财之道，普学顺曾经立下这样的信念。几年来，这个彝家普通农民先后被评选为省级劳动模范、优秀共产党员、精神文明建设积极分子、安全运输标兵，1987 年又被评选为全国劳动模范。他一步一个脚印，用踏踏实实的具体行动，表现出一个共产党员应有的胸怀，把雷锋精神传播到许许多多人的心坎上。

（本文原载于 1988 年第 9 期《瞭望》杂志）

割不断的情与爱

1982 年 2 月 28 日,《北京日报》一则简短的报道概括地介绍了云南省京剧院的演员们,23 年坚持赡养北京一对孤寡老人夫妇的事迹。这条只有数百字的新闻,就像一出大戏骤然拉开序幕,一下子把事情的全过程都给引出来了。

1959 年 1 月的一天晚上,云南省京剧院的演员们结束演出回到宿舍门前时,青年演员于春海为了给其他同志帮忙首先从车上跳下来,被尚未停稳的汽车压在后轮底下,不幸牺牲。于春海这个年仅 20 岁的小伙子,为人厚道,刻苦练功,给同事们留下了许多美好的印象。在日常的交往中,大家知道他是个独儿子,北京家里只有年迈的母亲于大娘和继父冯大叔。为了赡养两位老人,小于省吃俭用,每月将 30 多元工资的大部分寄回家里。小于去世后,剧团里的傅淑芸、何光珍、李春仁、梁建国、高俊林等 9 名青年演员,担心于大娘、冯大叔马上知道此事承受不了精神上的打击,于是决定每月凑足 20 元钱,仍旧用于春海的名字寄给两位老人,同时还给两位老人写去一封信,说小于到边疆演出去了,钱是由他们帮忙汇出去的。

当年 4 月,共产党员刘美娟带着剧团组织上的慰问信和抚恤金,专程到北京安慰于大娘和冯大叔。刘美娟在当地有关部门的配合下,事先做了大量工作,才把于春海不幸身亡的事情告诉两位老人。于大娘没等刘美娟把话说完，便一下子昏倒了。老人家在旧社会当了半辈子用人，她生过 10 个孩子，前 9 个不是病死饿死，就是被迫忍痛送进育婴堂，只有最小的于春海留了下来。于大娘的苦难身世，更加激发了刘美娟对两位老人的关怀体贴之情。她流着眼泪对于大娘说："于妈妈，春海不在了，我给你做女儿吧！我们剧团的演员，都是你的儿女！"刘美娟的话，温暖了两位老人的心。

于大娘虽然失去了于春海，却由此"生出"工作在云南省京剧院的许多儿女。刘美娟从北京回到昆明，向剧团党组织和同志们汇报了于大娘、冯大叔的境况，犹如一石激起千层浪，决定凑钱供养两位老人的演员，又增加了高一帆、高俊保、徐敏初、关肃霜、刘美娟、何逢权、汪素芬等 17 人。他们每人每月拿出自己收入的一部分，汇集起来按时寄给两位老人。

不久，云南省京剧院到北京参加十年大庆的汇报演出。有一天，演员们去十三陵游览，刘美娟特意把于大娘请上，让她跟大伙一起出去散散心。游览过程中，老演员徐敏初问刘美娟："这位老人家是谁呀？"刘美娟笑着说："我妈妈呀。"徐敏初奇怪了："你妈妈不是在昆明嘛？"刘美娟更加神气地说："北京我也有个妈妈呀！"这之前，由于徐敏初跟刘美娟各在云南京剧院下属的两个剧团里工作，还不大了解这位"妈妈"的来龙去脉。他听刘美娟做了介绍，心情顿时激动起来，马上走过去拉着于大娘的手说："于妈妈，你也把我收作儿子吧！"于大娘的心情也很激动，她对徐敏初说："那敢情好！托共产党、毛主席的福，我这个孤老太太才遇上你们这些好心肠的人！"

　　社会主义大家庭人与人之间的深情厚谊就像一根红线，把云南省京剧院的这26名演员与远在北京的于大娘、冯大叔紧紧地联系在一起。他们除了按月汇钱、经常通信外，还不断给两位老人寄一些治病用的药物或其他生活用品，甚至连他们的结婚照、有了孩子的相片，也要寄上一张让两位老人开开心。这些演员到北京演出、办事，总要抽空去看看两位老人，甚至还要把两位老人请去看看他们演出的节目。有时前去看望两位老人家的人太多，一下子把他们住的小屋子挤得满满的，大家有说有笑，再弄上点好酒好菜喝上几杯，真像家人团聚，一派天伦之乐的气氛。

　　云南省京剧院的这些演员，把于大娘、冯大叔当作自己的父母一样看待；于大娘、冯大叔更是把他们视为自己的亲生儿女，格外疼爱。

　　1961年，高俊林到北京戏曲学校进修。在将近一年的时间里，高俊林的大多数节假日都是在于大娘、冯大叔家中度过的。有这样一个来自云南边疆的亲人生活在身边，于大娘心里特别高兴，只要高俊林一来，她总要为他弄点好吃的。老人家知道俊林生在南方喜欢吃大米饭，平素间就把每月供应的几斤大米省下来，等俊林来了再煮给他吃。有一天，于大娘将一个黄帆布提包找出来，对高俊林说："俊林啊，你来北京学习，把这个兜儿拿去装东西吧。"高俊林一看，这不就是于春海生前用的那个提包嘛！他心里一阵难过，哽咽着喉咙说："大娘，这提包你留着做个纪念吧！"于大娘却笑着说："春海虽然不在了，你们不也是我的儿女嘛。这个兜我放起也是闲搁着，你就拿去用吧！"冬天即将到来的时候，于大娘把高俊林带去的一件棉大衣拆了，将旧得不蓝不白的外套拿到洗染店染上新鲜颜色，又买来新棉花，把这件大衣絮得厚厚实实的。冯大叔喂养的一只兔子被宰吃后，于大娘便把兔皮晒干揉好，为高俊林做了一双过冬用的鞋垫。事隔20年，高俊林谈起于大娘关心疼爱他的这一片慈母心，仍旧十分激动，热泪不禁夺眶而出。

　　"十年动乱"期间，云南省京剧院的这26名演员，各自都经受了不同程度的冲击。尽管处在危难时刻，他们仍旧把于大娘、冯大叔挂在心上。徐敏初被关进"牛棚"，还被扣了工资，但依然叫他爱人关肃霜代交寄给两位老人的那份钱。刘美娟、高一帆、李春仁在"隔离审查"期间，就嘱托自己的亲属把钱交给负责汇款的同志。其他一些演员也被分成两派，尽管如此，他们还是把钱凑集起来，按时给两位老人寄去，从未间断过一个月。1972年秋天，刘美娟终于从学习班"解放"出来，她回到家里想到北京天快冷了，赶忙将一件旧棉衣和几件单衣捆成一大包，捎去给两位老人添补着过冬。于大娘收到东西后，流着泪用她认得不多的几个字，给刘美娟写了一封虽然简短，但情意却极为深长的信："美娟：你托人捎来的衣物都收到了。好几年没见到你了，我连做梦都在想着你。你好吗？俊林他们都好吗？……"

　　1974年冬，于大娘因病去世。消息传来，云南省京剧院的26名演员，很快凑了1000元寄给冯大叔。过了几天，冯大叔回信说，于妈妈的后事已经办理妥当，他自己生活过得不错，往后就不必再寄钱去了。不久，高俊林出差去北京，看到冯大叔哮喘病挺重，生活上也存在着一些困难，责怪他不该把实情隐瞒起来。高俊林回到昆明把这个情况向大家做了介绍，26名演员立即决定继续按月给冯大叔寄钱。1979年国庆前夕，云南省京剧院的演员们上京演出现代戏《佤山雾》，有一天晚上特意把冯大叔接去观看这出反映云南边疆少数民族生活的剧目。关肃霜这次见到冯大叔，觉得他比过去苍老了许多，便拉着老人的手动情地说："大叔，跟我们到云南去安度晚年吧！"冯大叔则说："我在北京土生土长，生活惯了。再说大叔住在北京，你们来了也有个家嘛！"

1981年冯大叔病故后，他在北京市光华木材厂工作的侄女冯金兰，写信给最近几年负责寄钱的高俊保，热情赞扬云南省京剧院的同志们这种高尚风格。高俊保代表大家给冯金兰写了封回信，信中说："我们这些于春海当年的战友，对于妈妈和冯大叔的微薄照顾，完全是出自阶级友爱、社会主义的公德和对孤寡老人应尽的义务。……请你不要误会，我说出他们的名字来，完全是为了表达我们对于大娘、冯大叔的一片怀念之情。"

冯金兰看完高俊保的来信，心情格外激动。她觉得，在当前开展的"五讲四美三热爱"活动中，应当大力宣扬云南省京剧院这些演员的美好心灵，高尚情操。于是，冯金兰把此事告诉他们厂的工会副主席，这位工会副主席又立即将此事转告《北京日报》的一位记者。这样，云南省京剧院26名演员坚持23年，义务赡养于大娘、冯大叔这两位孤寡老人的事迹，才被公之于世。

（本文原载于1982年第5期《人民戏剧》杂志）

呼伦贝尔草原上的巡回医疗队

金色的太阳照耀着千里边疆，

草原上的牧民怎能不喜气洋洋？

巡回医疗队的好医生哟，

把党的温暖送到咱们的心坎上……

这是黑龙江省呼伦贝尔盟①新巴尔虎右旗的牧民们，献给哈尔滨市第一人民医院巡回医疗队的一支赞歌。

从 1973 年以来，哈尔滨市第一人民医院按照上级领导机关的安排，先后派出 5 批医疗队前往新巴尔虎右旗进行巡回医疗。一批接一批加入医疗队的医生们，肩负着党组织的嘱托来到草原上，全心全意为边疆各族群众防病治病，做出了许多可歌可泣的动人事迹。

风雪隔不断的深情厚谊

茫茫草原，宽阔无边。当医疗队来到达赉公社不久之后的一天中午，便有 3 个牧民骑着马，顶风冒雪来找他们治病。经过了解，这 3 位牧民都是从几十里外的放牧点上赶来的。

---

① 当时因形势需要，内蒙古自治区呼伦贝尔盟暂时划归黑龙江省管辖。

这件事使医疗队的医生们深感不安，大草原上，牧民们居住得那样分散，怎样才能更好地为他们提供服务呢？医疗队员们经过一番讨论，明确提出："到草原上去走包串户，把党的温暖送到牧民们的心坎上！"

眼科医生张彩霞，在这个战斗口号的鼓舞下，胸怀"宁可千里找病人，绝不让病人来叩门寻诊"的豪情壮志，和医疗队的其他医务人员一道，不管是风雪弥漫的冬天，还是烈日炎炎的盛夏，奔忙在草原上进行巡回医疗。在一年的时间里，她先后走遍了新巴尔虎右旗的 5 个公社，行程千余公里，普查眼病 900 多例，并为一些患者做了手术，治好了眼病。有一天，张彩霞和医疗队的另一名队员小宋，来到赛罕塔拉公社的白云乌拉生产队开展巡回医疗，听说离生产队住地 40 多公里远的一个放牧点上，牧民苏格尔大娘的小孙女病得很重，于是，她和小宋以及生产队的赤脚医生常青，立即坐上骆驼车前去帮病人治疗。

初春时节的呼伦贝尔大草原，气候变化无常。清晨，张彩霞他们刚刚离开白云乌拉生产队住地不大一会儿，突然狂风骤起，乌云翻滚，鹅毛片般的雪花便紧一阵慢一阵，从天空飘落下来。狂风卷着雪花，扑打得他们双眼难睁；寒气彻骨，冻得他们浑身发麻。常青一面赶着骆驼车往前走，一面在心里琢磨着，这样糟糕的天气，别把城里来的这两位大夫冻坏了："张大夫，咱们往回走吧！"张彩霞抬起头来，大声对他说："继续走吧，风雪再大，咱们今天也要赶到苏格尔大娘家。"

漫天风雪，更使张彩霞增添了几分战斗豪情。这次来到白云乌拉生产队，房东老大娘乌日近讲的苦难家史，此时此刻又在她的脑海里浮现开来。旧社会，乌日近一家人成了牧主的奴隶。那时候，穷苦奴隶牛马不如，吃不饱、穿不暖，生了病哪里还有钱去请大夫？眼瞅着自己的丈夫和两个孩子在贫病交加中死去，乌日近流干了泪水。是党和毛主席把她从苦海里救出来，成了草原上的主人。边疆人民缺医少药的情况，使张彩霞更加体会到来牧区巡回医疗的重要意义，她恨不得一下子赶到苏格尔大娘家里，把她小孙女的病治好。

骆驼拉着勒勒车，顶着风雪艰难地向前走着。40多公里路程，走了将近10个小时。可是，当张彩霞他们来到放牧点的时候，苏格尔大娘家为了寻找好的草原放羊，已经把蒙古包搬走了。这时，天快黑了，雪花还一个劲儿地飘个不停。怎么办呢？继续找吧，不知这家牧民搬到什么地方去了；返回生产队打听清楚再回来吧，又怕苏格尔大娘的小孙女把病情拖重了出危险。在常青的帮助下，他们顺着苏格尔大娘搬家时留下来的车辙印，又走了10多公里路程，终于把这家牧民找到了。

苏格尔大娘的小孙女得了病毒性肺炎，由于时间拖长了，体温高得烫手，病情确实很严重。张彩霞他们就在蒙古包里住下来为这个孩子治病，乐得苏格尔大娘又是煮手把肉，又是打马奶子茶，盛情款待3位医生，感谢他们冒着大风雪赶来为小孙女治病的一片深情厚谊。

难忘的 75 个昼夜

夏天的呼伦贝尔，碧草如茵，野花点点。一群群吃着青草的羊只，宛如蓝天里飘动着的朵朵白云。在一个蒙古包前面，蒙古族女牧民包凤兰，一忽儿忙着挤奶，一忽儿忙着照料羊群。看着包凤兰干起活来利手利脚的劲儿，谁能相信她是一个因脑内蛛网膜下腔出血，在病床上昏迷了 75 天，经医疗队的医生们大力抢救，才死里逃生重新恢复健康的女牧民。

那是 1975 年 12 月 18 日的这天深夜，离阿敦础鲁公社所在地几十公里外的牧民塔木林，骑着马风风火火赶到医疗队住地，一把推开门便央求道："大夫，我老婆不行了，快去帮我看看吧！"医疗队的外科大夫于春琪和另一名医疗队员，立刻带上抢救药品，坐上胶轮拖拉机，顶着凛冽的寒风，向着夜色茫茫的草原出发了。

于春琪他们经过几个小时的颠簸，赶到塔木林家里的时候，只见他爱人包凤兰昏迷不醒地躺在床上，一家大小围着她急得直哭。于春琪立即给包凤兰检查病情，他看到病人呼吸时直打呼噜，首先拔下听诊器的胶皮管，一头塞进患者嘴里，一头含在自己口中，一口一口把她喉咙里的浓痰吸出来。病人微弱的呼吸畅通一点之后，两个医生又赶忙给她打点滴。经过一天的抢救，包凤兰还是没有苏醒过来，于是，他俩决定把她转到公社卫生院继续进行抢救。

于春琪等人把包凤兰接到公社卫生院后，一看她的病情那么严重，医疗队员中顿时出现了两种思想的激烈斗争：是把病人留在公社卫生院，由医疗队承担风险和困难就地抢救呢？还是把病人推出去，由她的家属送往外地治疗好呢？医疗队临时党支部看出这种思想苗头，立即召开会议，号召大家向白求恩学习，打一场抢救包凤兰的硬仗。一番热烈的争论使大家认识到：包凤兰是一位蒙古族同胞，只要她还有一线生的希望，就要以百倍的努力把她治好，这才叫作全心全意为人民服务。

紧接着，一个由中医、西医、蒙医三结合的抢救小组迅速组织起来，立即投入抢救包凤兰的紧张战斗。医疗器械不全，内科医生王卓琳急中生智，用粗针管套上细针管代替穿刺针，用胶皮管接上一个血沉棒代替脑压管，这才把包凤兰蛛网膜下腔出血的病情诊断清楚。医疗队员们一面进行巡回医疗，一面轮班日夜守护在病人身边，观察分析病情的变化，做好各方面的护理工作。病人不会张嘴吃东西，他们就用一根塑料管做成鼻饲管，每天按时将各种药物、流质食品注入她的胃里。经过一段时间的奋力抢救，包凤兰的病情逐渐稳定下来。转眼之间，很快到了1976年春节前夕。公社干部和牧民群众，再三劝说医疗队的医生们回哈尔滨过年，但于春琪和另一名队员怎么说也不肯走，决心留在当地过春节，继续医治和护理包凤兰。

一个月过去了，包凤兰仍旧昏迷不醒。两个月过去了，包凤兰还是没有苏醒过来。一直延续到第75天，包凤兰终于睁开眼睛，轻轻叫了几声她爱人的名字。塔木林先是呆呆地看着包凤兰，当他再次听到包凤兰的叫声时，激动得直落眼泪，一下子扑到于春琪的怀里哭开了。

包凤兰苏醒过来之后，医疗队员们信心更足了。他们每天除了给她打针、服药外，还循序渐进地教她说话，认识各种东西，扶着她练习走路，终于使她恢复了健康。

把生命献给牧区群众

在阿敦础鲁公社所在地北边的满都拉山上，高高矗立着一座墓碑。墓碑上写着这样一行醒目的大字："光荣的六二六战士郑文彦同志之墓"。共产党员郑文彦，在巡回医疗为牧民们防病治病期间，献出了她宝贵的生命。

1975年秋天，当医院准备派出赴新巴尔虎右旗又一批医疗队的时候，郑文彦便积极带头报名参加。医院的一位负责干部劝她说："你爱人刚刚去世，你自己身体也不大好，就留在医院工作吧！"郑文彦听巡回医疗回来的同志们讲述了草原上缺医少药的情况，心里就像燃烧着一团火似的。她把母亲接来照管孩子，自己却踏上了去呼伦贝尔大草原巡回医疗的征途。

郑文彦来到阿敦础鲁公社以后，把一颗心掏给了草原上的少数民族兄弟。有一天，哈萨图生产队的牧民于立群，带着他的女儿来找医疗队看病，经郑文彦检查确诊，孩子得了风湿性关节炎，需要住院治疗。因为于立群经济上有困难，郑文彦每天除了给孩子治病外，还给他们父女俩做饭吃。经过一段时间的精心治疗，这孩子很快痊愈出院。蒙古族青年工人长胜的爱人快要生孩子了，郑文彦和另一名医疗队员来到他的家里，一直坚守在产妇身边。但因胎位不正，孩子难产，拖了好长时间。郑文彦凭着多年做妇产科医生的经验，因陋就简，做了个胎头吸引器，帮助产妇生下孩子。由于产程过长，孩子浑身发紫，窒息得没气了。郑文彦又嘴对嘴地给孩子做人工呼吸，硬是把孩子从死神那里抢救回来。

郑文彦全心全意为人民服务的事迹，就像夏天草原上盛开的鲜花那样数不尽。她听说白云呼硕生产队的合作医疗站还没办起来，就向公社党委和医疗队临时党支部请示，主动去帮助这个生产队建起合作医疗站，并在那里住了好长一段时间，晚上给赤脚医生讲课，白天带上她们去给群众治病，让她们在实践中得到锻炼提高。阿敦础鲁公社建设草库伦发展畜牧业，医疗队员们就和牧民们一道上山打石垒埂。领导分配女同志当搬运工，但郑文彦毫不示弱，照样跟男同志在一起抡锤碎石。隆冬时节，寒风刺骨，气温降到零下三四十度，郑文彦一点也不觉得冷，还把棉衣脱了，甩开膀子大干。同志们劝她说："穿上棉衣吧，别把身体冻坏了！"她却笑着回答说："我身上还冒汗呢！"

由于过度劳累，郑文彦的高血压病又犯了。但她把病情隐瞒起来，继续参加修建草库伦的劳动，照样坚持为牧民们防病治病，还利用晚上的空余时间，准备在党的生日那天为医疗队员们上党课的讲稿。有一天晚间，白音乌拉生产队的牧民西雅拉图，来请医疗队的大夫去给他爱人乌云其木格接产。郑文彦挎上药箱就要往外走。同志们拉住她说："郑医生，你身体不好，我们去吧！"她却说："我是妇产科医生，这是我分内的事！"郑文彦来到西雅拉图家里，经过检查，乌云其木格产期还未到。但这个女牧民是第一胎生孩子，心里没底，情绪烦躁不安。看到这种情况，郑文彦就连夜守在她的身边，一面安慰她，一面为她做好产前的各种准备。第二天凌晨，郑文彦突然在乌云其木格身边昏倒了。由于病情过重，怎么也没有把她抢救过来。党的好女儿郑文彦，在草原上巡回医疗，一直战斗到生命的最后一刻。

不幸的消息在草原上传开，许多人不禁失声痛哭。遵照当地干部和群众的要求，郑文彦的遗体安埋在高高的满都拉山顶上。追悼会那天，人们带着用草原上最美的花朵编织成的花圈，骑着马从四面八方赶来。他们流着热泪呼唤道："郑医生你没有死，你永远活在我们蒙古族牧民的心坎上！"

（本文原载于 1976 年 12 月 21 日《新华社新闻稿》）

一条飘向天际的驿道

初冬时节，蔚蓝透明的天际间，滇西北披上银装的高黎贡山顶峰，显得格外耀眼。

由 900 多匹骡马组成的一支又一支马帮，在傈僳族、藏族、怒族马锅头吆喝声的催促下，从高黎贡山东侧海拔 1000 多米处的贡山县城出发，踏着厚厚的积雪，一步一坎翻过海拔近 4000 米高的垭口，然后向着高黎贡山西侧的独龙江峡谷走去。这样的一种情景，构成了在其他地方难得一见的壮丽奇观。

独龙江峡谷是我国独龙族群众的聚居地，但它与内地之间的往来，只有这条翻越高黎贡山，夏秋两季才能通行，冬春两季却被冰雪阻断的人马驿道。所以，贡山县委和县政府每年都要赶在冬季大雪封山之前，花费很大的精力和财力，把独龙江乡冬春两季需要的五六十万公斤各种货物抢运完毕。

1983 年由于运力紧张，7 月到 9 月才运走 20 来万公斤货物。在遇到困难的情况下，县上有关部门只好向附近地区的一些单位发出求援信。于是，西藏自治区察隅县察瓦洛乡的 500 多匹骡马赶来了，保山地区的 60 匹骡马也赶来了。县内外由近千匹骡马组成的 200 来支马帮，奔忙两个月，终于在 11 月下旬完成了这一年向独龙江乡运送商品的任务。

这条直上高黎贡山之巅，飘向天际的人马驿道，成了联结党和政府同独龙族群众之间的感情纽带。

1992 年 12 月，向独龙江乡调运各种货物的任务已经结束，高黎贡山顶上也已积起 1 米来深的大雪，可是就在这时的一天深夜，独龙江乡因一个职工不慎失火，供销社和粮管所的仓库顷刻间全部化为灰烬。县委、县政府得知这一情况，立即动员 5000 名机关干部和农村青壮年劳力上山，刨开驿道上的积雪及冰层，分段接力抢运，经过 10 来天的连续奋战，硬是重新给独龙江乡运去了在大雪封山之后，来年开春之前，全乡 4000 多干部群众急需的 20 多万公斤各种物资。

过去，独龙江两岸的人们相互往来，全靠从横挂在江面上的一根根溜索，既艰难又危险。为了改变这种状况，贡山县交通部门千方百计运去建筑材料，在独龙江上架设吊桥。要把一根长两百来米的钢索，完完整整地通过翻越高黎贡山这条驿道运过去，只得将它挽成一个连一个的圆圈，几十个人每人肩上套一圈，彼此相互照应，像条长龙似的缓慢爬行，一上一下六七十公里的路程，要走上个把星期才能到达。现在，独龙江及其支流上已经架起 7 座钢索吊桥，而且还在江边打通了一条人马驿道，独龙族群众相互往来或搬运东西，就比过去方便得多了。

（本文原载于 1993 年 11 月 20 日《新华每日电讯》）

科技之光照亮小凉山

加三大哈这位滇西北小凉山深处的彝族农民，直到新中国诞生后的 1956 年，才从奴隶制的枷锁下彻底解放出来。当了大半辈子文盲，穷了几十年的加三大哈，最近几年通过培训班学会了几样实用技术，单靠种植苹果每年就能收入三四万元，一举摆脱贫困过上了好日子。当他同记者谈起这个巨大变化时，说了这样一番意味深长的话："太阳给大地带来了光明和温暖，科学知识给我们彝家人带来了智慧和力量。"

6000 多平方公里幅员的小凉山，全在云南宁蒗彝族自治县的辖区内。加三大哈成了当地农民群众靠学科学获得进步，靠用科学脱贫致富的一个典型。

小凉山以奴隶制度为主体的社会形态，一直延续到 1956 年进行民主改革的时候。这里不但社会发育程度低下，文化教育和科技水平落后，而且全县平均海拔在 2800 米以上，大部分地方属于高寒冷凉山区，生产生活条件极为艰苦。20 世纪 80 年代中期，宁蒗县的 17 万农村人口中，尚有 10 万人未解决温饱问题；8 万多个劳动力中，尚有 6 万多人是地道的文盲。

宁蒗县的各族群众怎样才能尽快摆脱贫困？县委和县政府的负责干部经过分析认为，人口文化素质低是制约全县生产力发展和社会进步的根本原因，在此基础上形成了"治穷先治愚，扶贫先扶志"的共识。于是，他们做出这样的决定：在加速发展普通教育的同时，大力开办各种培训班，向全县干部群众传授各类实用技术，一定要在提高现有劳动者的素质方面打一场翻身仗。为了把这项工作扎扎实实抓出成效来，由县委书记亲自挂帅组建了人才办公室，协调组织各方面的力量开展培训活动。尽管财政拮据，县政府仍旧坚持每年拨出 10 多万元，作为开办培训班的专项经费。县上还制订了从 1986 年到 1995 年的 10 年间，在全县山区农村种植 3 万亩梅子、3 万亩花椒、5 万亩苹果、8 万亩牧草的长远规划，以这个简称为"3358 工程"的实施过程，作为向人们普及实用技术的媒介，又以普及实用技术作为推动"3358 工程"实施的动力。

宁蒗县委和县政府首先抓好各级干部的智力开发，提高他们的科技意识，然后逐层开办培训班，向回乡知识青年、复员退伍军人以及其他农民群众传授实用技术。9 年来，全县各级干部紧紧抓住治穷先治愚这个"牛鼻子"，投资 312 万元，举办各种培训班 4232 期，受训对象达到 32 万人次，推广实用技术 159 项，其中有 78 项获得了较好的经济效益。到目前为止，全县 16 个乡镇和 89 个行政村，都分别成立了科协组织，大多数自然村也分别组建起科普小组，形成一个上下贯通、纵横交错的科技网络。

针对当地各族农民缺乏长远打算，不大会过日子的这种陈规陋习，县、乡、村还组织 4 万多户的家庭主要成员，分别举办了 736 期"当家理财学习班"，教育他们正确树立消费与积累的观念，以及钻研科学技术，开辟致富门路，创建家业的雄心壮志。

连续 9 年坚持举办各种层次的培训班，普及实用技术，搞智力开发的结果，让小凉山的各族群众变得比过去聪明多了，发展经济脱贫致富的办法也多起来了。战河乡解放村 52 岁的彝族农民李尔哈，曾经参加过 40 多期培训班的学习，被人们赞誉为学科学用科学的积极分子。他通过培训班学到烤酒的实用技术后，添置设备办起一个年产 3 万多公斤白酒的作坊。为了利用好酒糟，他又学会养猪新技术，办起一个年出栏百余头肥猪的饲养场。后来，他又雇用一些人帮忙，在山坡上建成一个 20 多亩的高效种植业基地，为猪粪找到了出路。现在，李尔哈已经拥有 30 多万元的固定资产，成了远近闻名的"彝家大亨"。

宁蒗县通过总结经验，改善条件，完善网络，逐步把以提高劳动者素质为目标的实用技术普及，由农业、林业、养殖业引向乡镇企业和各种服务业，为启动各族群众自身的活力、培养各种乡土人才、推动经济的发展做出了重要贡献。1993 年以来，县人才办公室又在上级有关部门的支持下，开展应用电脑农业知识工程来指导农事活动的试验示范活动。电脑技术进农家，不仅提高了作物的产量和产品的质量，而且还把全县的科普工作推进到一个崭新的层次。

科技之光照亮了长期贫困落后的小凉山，点燃了宁蒗县各族干部群众智慧的火花。全县山区农村实施的"3358 工程"进展顺利，其中仅苹果这种"摇钱树"，就种植了 11 万多亩。1993 年，已经受益的 3 万多亩苹果园，产量达到 200 万公斤以上，突然冒出 17 家"苹果万元户"、612 家"苹果千元户"。随着经济的逐步发展，全县4万多家农户，先后有2万多户告别了他们世世代代居住的那种板板房，搬进新建的住宅，创建了新的家业，整个小凉山地区呈现出一派定居、定心、定业的可喜局面。

（本文原载于1994年11月2日《云南经济日报》）

玉溪地区先富帮后富同走致富路

玉溪地区近年来在扶贫工作中，按照市场经济规律，因势利导开展先富帮后富的活动，并逐步在这方面探索出一些初见成效的好做法。

一、优势互补，各得其所

在玉溪地区南部的元江哈尼族彝族傣族自治县河谷热坝地区比较富裕的傣族村寨，尚有大量荒地可以开发利用，但由于干旱缺水，发展受到了限制；而彝族、哈尼族聚居的山区，虽然水资源丰富，但因气候冷凉，耕地少，许多人的温饱问题难以解决。后来在县委和县政府的引导下，采取山坝结合、治水办电、开发热区的做法，先后在山上修起9座中小型水库，建成11座水电站，为开发热坝地区的荒地种甘蔗，发展市场前景广阔的制糖业创造了有利条件。短短几年时间，全县甘蔗种植面积由2万亩扩大到8万亩，甘蔗产量由8万吨上升到53万吨，糖厂由2座发展到4座，食糖产量由几千吨增加到5万多吨。蔗糖这种"甜蜜的事业"，不仅使傣家人在发展经济方面迈出了新的步伐，而且还为下坝参加热区开发的5万多彝族、哈尼族群众开辟了脱贫致富的理想门路，仅1994年他们这方面的经济收入就达到6000多万元。

二、工农结合，互利互惠

玉溪卷烟厂把扶贫工作当作自己的历史使命和光荣任务，先后投入2亿多元资金帮助玉溪地区的峨山、新平、元江3个民族自治县，在山区建成水利工程933件，修建公路612公里，建电站和化肥厂各1座，为当地农民种烤烟发展经济，改变贫困面貌助了一臂之力。峨山县富良棚乡是个彝族聚居的高寒山区，种植烤烟的1000多户农民，平均每户每年从这项经营中就能获得三四千元的收入，该乡的农民很快甩掉了"穷帽子"。农民生产出更多的优质烤烟，烟厂的原料也得到了充分保证。

三、政府调控，携手并进

玉溪地委和地区行署在放手让条件好的玉溪、通海、江川、澄江4县市加快发展步伐的同时，一方面鼓励困难程度较大的华宁、易门等5个山区半山区县乘势而上，急起直追；另一方面又采取各种措施，为帮助他们发展经济加一把劲。近10年来，地委和行署先后拿出7亿多资金，扶持这5个县新修中小型水库96座，蓄水量由1.5亿立方米增加到3亿立方米；新建中小型水电站35座，年发电量由2382万千瓦时增加到3.5亿千瓦时；新修各类公路6058公里，让99%的村公所和办事处通了汽车；程控电话和移动电话，也已于1994

年全部开通。基础设施条件得到有效改善，促进了经济的迅速发展。1994 年，这 5 个县工农业产值、财政收入的总和，分别达到 20.6 亿元和 1.2 亿元，比 1980 年增长了 2.3 倍和 3.8 倍；农民人均纯收入达到千元以上，比 1980 年增加了 800 多元。

附《云南经济日报》短评：

莫忘社会主义本质

邓小平同志建设有中国特色社会主义的理论，创造性地对社会主义的本质做了这样的论述："解放生产力，发展生产力，消灭剥削，消除两极分化，最终达到共同富裕。"我们在扶贫工作中，切不可忘记社会主义的这一本质。

今天本报报道的玉溪地区开展先富帮后富活动的做法和经验，值得各地党委和政府重视。在改革开放的形势下，有一些地区、单位、个人首先富起来了，但是，也有一些地区、单位和个人由于种种原因，暂时还没有富起来，或者甚至还较为贫困。因此，在扶贫工作中，要大力提倡、鼓励以及组织先富帮后富的做法，以便最终实现共同富裕的目标。这正是社会主义本质的体现，也是社会主义本质的要求。

先富的地区、单位和个人，把帮助后富作为自己的历史使命和光荣责任，这是社会主义觉悟的表现，也是有高度责任感和义务感的体现。只要有这种觉悟，有这种责任感和义务感，至于具体的做法就好办了，可以像玉溪地区那样采取由政府调控、优势互补、工农结合的途径，也可以采取别的形式和办法，总之，后富的总有一天会在先富的帮助下，走上富裕的道路。

我们既鼓励一部分地区、单位和个人先富起来，也提倡先富的帮助后富，这正是为了更好地坚持社会主义本质，坚持社会主义道路。但提倡先富帮后富，绝不是重刮"共产风"，又搞"一平二调"。先富帮后富主要是通过资金、技术、致富经验等方面的支援，加大贫困地区的开发力度，通过充分调动后富的地区、单位和个人的积极因素，使之逐步脱贫致富。

愿先富者都以帮助后富者为己任，如此，则国家幸甚，社会幸甚，后富者幸甚！

（报道及短评原载于1995年4月27日《云南经济日报》）

托起"太阳"的人们

云南澜沧江上即将全面竣工的漫湾电站，传出一台又一台机组相继并网发电的捷报。神话传说中的澜沧江这轮"小太阳"，这才变成一轮真正的"太阳"，放射出令人夺目的光彩。

装机容量 150 万千瓦，年发电量 77 亿千瓦时的漫湾电站，是我国第一个实行部省合资、全面招标承包兴建的大型水电工程。为托起这轮"太阳"立下头功的人，便是来自葛洲坝工程局的两千多名职工。

将神话变为现实

漫湾电站开工后，因治理边坡大塌方延误了近一年半的工期。在这种情况下，部省协调领导小组于 1992 年初做出决定，将原定于 1993 年底投产的第一台机组，提前半年建成发电。这个决定顿时把中标承担电站枢纽工程建设的葛洲坝人，压得喘不过气来。

当时，132 米高、418 米长的电站大坝，200 多万立方米的混凝土才浇筑了将近一半；坝后长 156 米、宽 25 米、高 59 米的电站主厂房，土建工程正在加紧进行，还远远不具备安装发电机组的条件；地处滇西的漫湾，山高谷深，交通不便，施工环境也不理想。按照设计的合理工期，确保第一台机组在1993年底并网发电都还有困难，现在要提前半年实现这一目标，那就更难了。

但来自湖北宜昌的两千多名葛洲坝人，毕竟有征服长江，建成葛洲坝这座大型电站的胆识和经验。他们在易运堂局长的领导下，上上下下经过一番酝酿，把1993年6月30日这个日子，简化为"93630"深深印在脑海里，决心大干一场，把拼命一跳才能摘取的果子拿到手。施工局和下属各单位按照网络计划实施交叉作业的具体方案，调兵遣将，合理布阵，一场加速漫湾电站建设的紧张施工，很快在各个工地上拉开了决战的序幕。

热火朝天的工地上，呈现出一派令人振奋的景象。大坝上下，工人们在忙着浇灌混凝土，捆扎焊接各种规格的钢筋，安装各种各样的金属构件，预埋这样或那样的管道。3台缆机和5台伸着长臂的高架门机，及时将几十辆汽车、6台机车运来的材料，分别输送或吊卸到各个作业点的摆放范围内。广播喇叭里，不断传来各单位的战况和捷报。白天，他们冒着烈日的曝晒，高温的蒸烤，挥汗如雨干到日落。夜晚，十几盏探照灯的巨大光束，把澜沧江的这片天地照耀得如同白昼，电站各道工序施工的现场上，依然闪现着他们龙腾虎跃、紧张繁忙的身影。

生产混凝土的拌和队，成了施工一处实施"一条龙"作业浇筑大坝的关键单位。队长艾春荣深知自己肩上责任的分量，发誓要带领全队人马生产出更多更好的混凝土，为全处加快浇筑进度创造条件。正当大坝浇筑蒸蒸日上的时候，艾春荣先是收到诉说父亲病重的家书，不久又传来父亲病故的噩耗。他抱头痛哭一场，然后发了封拜托妻子为老人办理丧事的电报，继续带领大伙奋战在工地上，创造出日生产 3000 多立方米混凝土的优异成绩。施工一处的各道工序之间，紧锣密鼓，齐头并进，大坝月浇筑混凝土的数量，迅速由 4 万多立方米上升到 7 万多立方米。

葛洲坝漫湾电站施工局的全体职工，经过一年多夜以继日的艰辛鏖战，终于使整个枢纽工程逐渐向"93630"这个目标靠拢。到 1993 年春末夏初之际，大坝已上升到蓄水发电的高程，第一台发电机以及其他电气设备的安装工作也已进入尾声。5 月 21 日这天上午，当各道闸门徐徐关闭之后，千百年来桀骜不驯的澜沧江被彻底制服，大坝后面的山谷之间，渐渐壅出一片平静的湖水。

人们翘首以盼的这一天终于来临。漫湾电站第一台机组一次启动成功，并在 1993 年 6 月 27 日这天提前并网发电。葛洲坝人用他们的聪明才智和拼搏精神，将古老的神话变为现实，在澜沧江上托起一轮真正的"太阳"。

葛洲坝人的真功夫

在漫湾电站建设中，葛洲坝人打出了威风，赢得了声誉。既能苦干，又会巧干，既讲经济效益，又有奉献精神，这就是他们逐浪于市场经济大潮的真功夫。

雄姿巍峨的大坝，在用混凝土一层一层浇筑起来之后，还得在坝块与坝块之间进行一次接缝灌浆，使它的内在质量更加完善，提高蓄水发电的效益。按照过去只能在冬春两季靠自然冷却实施作业的老办法，近10万平方米的接缝灌浆任务，要花上3个年头跨度的时间才能干完。为了加快施工进度，葛洲坝漫湾电站施工局根据当地的气候特点，大胆采用"全年冷却，全年灌浆"这种国内尚无先例的新技术，进而制订出月超接缝灌浆1万平方米的"霸王计划"，一定要赶在大坝蓄水发电之前打好这场攻坚战。施工三处处长黄兆海、技术干部张由川亲自披挂上阵，带领工人们日夜奋战在坝体内的廊道里，边通风冷却，边展开强度施工，结果只用了8个月的时间，就把近10万平方米的接缝浇灌完成。这场采用新技术打成功的漂亮仗，不仅为推进漫湾电站的建设速度做出了贡献，而且还为全国同类型水电工程开辟了一条接缝灌浆的新路子。

漫湾电站发电机组的蜗壳，都是用进口钢材制造的，要把每节蜗壳焊接成一个圆圈形的管状整体，需要从同一个国家进口大批焊条。在安装第一台机组之前预购焊条时，对方不但要价很高，而且还不能保证按时供货。葛洲坝工程局焊接研究所经过试验发现，只要事先对蜗壳通电预热，即可用国产焊条代替进口货。焊条的难题算是解决了，但在焊接时却苦了承担这项任务的20多个年轻人。通电预热后的蜗壳内壁，胜似一个大蒸笼，再加上闪烁的电弧，飞溅的火花，人在里面待上不大一会儿工夫，浑身就被熏烤得汗流浃背。总计10公里长的焊缝，整整60天日日夜夜的苦战，他们中有的人掉了好几斤肉，有的人皮肤上烙下一个个伤疤，有的人甚至连眉毛也烤焦了。当甲方监理处用超声波技术检测并宣布焊好的蜗壳通过验收时，这伙年轻人抑制不住内心的激动，流着眼泪跳起来，欢呼庆祝这个来之不易的胜利。

辛勤的汗水，智慧的火花，葛洲坝人就是凭着这个本事攻下一道道难关，节省了劳力，降低了物耗，缩短了工期，谱写出一曲曲令人振奋的凯歌。

如今，漫湾电站已投产的 3 台机组，每天以 1000 多万千瓦时的发电量，为云南边疆的现代化建设注入了强大的动力。巍然矗立于澜沧江河道之上的电站枢纽工程，就像一座历史的丰碑，在向人们昭示着葛洲坝人和其他建设者的功勋。水电部的负责干部前来检查工作时，称赞漫湾电站枢纽工程的建设，创造了工期短、用工少、质量好、效益高，名列国内同类型工程前茅的经济技术指标。

水电工地上的"吉普赛人"

搞水电建设的人们，长年累月远离亲人奋战在偏僻闭塞的深山峡谷之间，这个工程刚刚竣工发电，又赶忙打点行装奔赴另一个工地，把他们戏称为水电工地上的"吉普赛人"一点也不过分。正是由于这些水电职工像吉卜赛人那样四处"流浪"，祖国的大江大河之上才建起一座又一座电站，闪现出一片又一片令世人惊叹的光明。

由湖北宜昌挥师南下，转战到漫湾电站的这批葛洲坝人，一待就是好几年。宜昌和漫湾之间，相距 2000 多公里，来往极不方便，夫妻变成牛郎织女，孝敬老人、养育孩子的这些事也顾及不上了。他们只好把这方面的情感深深地憋在肚子里，一门心思为漫湾电站的建设贡献力量。

施工局副局长杨凤梧，是一位有 30 多年工龄的"老水电"。他先后参与过五六个大中型电站的建设，足迹踏遍了中南、西北和西南好些地方的山山水水。来到漫湾电站工地后，因他刚做过胆囊切除手术，更是令家人牵挂，当老杨和职工们在漫湾过完又一个春节的时候，有人给他从宜昌捎来一盒录音磁带。杨凤梧把磁带放进收录机按下电键，耳边顿时响起他爱人的声音：

"老杨，今天是除夕，你又没回来过年，我们好想你啊！……"

听着这番动情的话语，杨凤梧潸然泪下，思绪就像澜沧江的波涛翻腾起来。他怀着内疚的心情，赶忙给家里的父母、爱人和孩子写了封"检讨信"。

机电安装处的青年技术员杨红钢，从学校毕业后就到了水电工地，从葛洲坝转战到广西天生桥，然后又从天生桥来到漫湾，直到 30 岁才找对象结婚成家。新婚宴尔，小两口天各一方，只能靠书信来传递彼此间的感情。有一天，杨红钢收到他爱人的一封来信，拆开一看，整张纸上只写了"举头望明月"这句唐诗。再多的文字也难以表达小杨的心思，电站施工又那么紧张，于是，他也引用"低头思故乡"这句唐诗来做回信的全部内容。不久，他爱人又写来仅有"问君何时归"5 个字的一封信，小杨沉思半天，也照样在回信上写了 5 个字："发电是归期。"

漫湾电站工地上的这些葛洲坝人，还真有点"吉卜赛人"的才气。每当春节、国庆组织联欢晚会时他们争先走上舞台，一支支湖北小调，一个个相声小品，一段段戏曲清唱，把在场的职工乐得心花怒放，欢天喜地。1993 年初，奋战在漫湾的葛洲坝人，进入抢截流、防大汛、保发电的关键时刻。大年初一这天，许多人汇集在举办"春联大赛"的地方泼墨挥毫，不大一会工夫，120 多副用大红纸写成的对联，把整个食堂大厅挂得满满的，辉映出一派喜气洋洋的景象。其中一联这样写道：

截流泄洪定成败，破釜沉舟众志排万难；

并网发电话荣辱，秣马厉兵齐心过三关。

这副气势非凡但又意味深长的对联，正是葛洲坝人壮志豪情的具体体现。

（本文原载于 1994 年 9 月 5 日《新华每日电讯》）

一位骑自行车上班的厅长

云南省劳动厅厅长闪淳昌，长年坚持骑自行车上下班，给机关干部留下了许多美好的印象。

今年5月的一天早晨，劳动厅的干部冒雨上班来了。这时，闪淳昌也从1公里以外的家，冒雨骑上自行车准时进了机关大院。一个干部看着他全身衣服被淋湿，头发上还滴着水珠的模样，埋怨说："闪厅长，你怎么不在家里等一等，让机关的小车去接接你？"他则这样回答说："没想到半路上会变天，淋点雨反倒很精神。"

去年冬天，闪淳昌的爱人生病住院治疗，他每天既要忙工作，还要抓紧下班后的时间到医院去照看一番。办公室的干部怕他忙不过来，劝他用车。但闪淳昌每天照样骑自行车来上班，下了班又骑上车往医院跑。从家到机关，从机关到医院，跑一趟便是好几公里路程。

闪淳昌在昆明外出开会或办事，也常常是自己骑自行车赶去的。前不久，在昆明召开的西南三省两市劳动仲裁工作协作会结束那天，闪淳昌要去发言，因开会地点离市区有两三公里路程，机关为他安排好小车，可是他还是骑自行车去到开会的地方。

据了解，国家对厅局级干部虽然没有设专车的规定，但这几年轿车多了，许多厅局级单位，不但厅局长有专车，连副职干部也用上了专车。闪淳昌除了有特殊情况外，坚持骑自行车上下班或外出办事、开会的这种精神，确实令人敬佩。

当记者跟闪厅长谈及这个问题时，他却谦逊地说："我年轻一点，骑自行车跑跑路也是应该的。"

（本文原载于 1989 年 9 月 13 日《春城晚报》）

"凤尾街，你好！"

最近在云南边疆采访，到镇康县的第二天，恰好碰上县城凤尾镇赶街。穿红戴绿的各族群众，在街道两旁凤凰树树荫下的各个摊点上忙着做买卖，一派热热闹闹的景象。

当我们得知凤尾镇是1984年底才开始出现街子这种情况时，感到格外惊讶。镇康这个边境县，连县城里的集市都才有三四年的历史，恐怕在全国也少见。

过去，镇康县商品经济极不发达，小镇上只有一家民贸公司、一家国营食宿店，以及粮食局下属的两家粮店。干部职工种菜养猪，自产自销。一天，有个外来的汽车司机，因到凤尾镇的时间晚了点，那家国营食宿店早已关门，吃住无法解决，他一气之下，将食宿店的招牌摘下来拉跑了。

党的十一届三中全会以后，镇康县委和县政府一心想把凤尾镇的集市首先抓起来，开会、动员、定街期、发文告，但还是没人来赶街。因为边疆老百姓太穷了，他们既无东西出卖，也无钱购买东西，哪能白费力气来赶趟甩手街？

从那时起，县委、县政府在抓好粮食生产的同时，大力扶持各族群众养牛、养猪，以及种植茶叶、橡胶、甘蔗、水果等经济作物。尽管镇康条件差、底子薄，但经过几年的努力，大多数农村都发生了明显的变化。以1978年和1987年相比，全县农村经济总收入由946万元增长到3099万元，人均收入由 67 元上升到 197 元。从 1984 年起，凤尾镇才真正形成集市。

我们穿行在来赶凤尾街的人群中，透过这个只有三四年历史的集市，看到了商品经济终于在边疆民族地区萌发起来的这种势头，心底里情不自禁地赞叹道："凤尾街，你好！"

（本文原载于 1987 年 2 月 6 日《人民日报》）

绿色在荒山秃岭上复苏

——会泽县长防林工程建设纪实

地处长江上游金沙江东岸的云南会泽县,近几年来在实施长防林建设一期工程中营造的 125 万亩人工林,以及通过封山管护起来的 74 万亩次生林,使绿色得以迅速在荒山秃岭上复苏,森林覆盖率上升了 8.1% 。

会泽县取得的这个好成绩,不仅多次受到全国绿化委员会和云南省政府的表彰,林业部还专门在这里召开会议,推广他们大力营造长防林的做法和经验。

遭到大自然惩罚后的醒悟

会泽县境内的以礼河,东西两侧的牛栏江和小江,是金沙江的三大支流。

1989 年春天,当举世瞩目的长江中上游防护林体系一期工程启动时,会泽县就被列为 40 个试点县之一。消息传来,县委和县政府的负责干部,心情惊喜交集。他们惊的是,县内崇山峻岭之间的森林遭到严重砍伐以后,日益恶化的生态环境不仅成为本县逐渐贫困的一个重要原因,而且严重的水土流失也给长江造成了危害。他们喜的是,兴林治危终于盼来了好机会。

山区面积占 97% 的会泽县，到了 20 世纪 80 年代初期，森林覆盖率已由 50 年代初的 70.5% 下降到 50%。

林毁山光，祸起于山。

小江支流的蒋家沟，泥石流灾害越来越严重。暴发得最大的一次，输出物竟高达 37 万立方米之多。泥石流携裹着巨大的石块顺沟而下，掀起数米高的恶浪，声若雷鸣。铺天盖地的泥石流，顺小江直奔金沙江，然后进入长江。

者海坝，原来确实是一处镶嵌着一个高原湖泊的山间平原。山光水枯，再加上"竭泽而耕"的恶作剧，一个好端端的高原湖泊从此在地球上消失了。尽管后来在四周山上建起 3 个水库，但也不能彻底解除农民们的干旱之苦。

还有那些被前人用金子和银子来命名的好地方，也因毁了林子，灾害频繁，跟贫困结下了不解之缘。

大自然接踵而来的无情惩罚，向会泽县的各级干部敲响了不能再继续坐视生态环境日益恶化的警钟。在一次讨论会上，县委的一位负责干部曾动情地讲了这样一番话："如果我们再不趁建造长防林的这个好机会，下决心把荒山绿化起来，必将成为千古罪人，既愧对家乡父老，又无脸向国家作交代！"

真正把林业摆到重要位置上

面对莽莽荒山和频繁的自然灾害，会泽县过去也曾经多次开展过群众性的植树造林活动，但每一次都是"雷声大，雨点小"，实际效果并不明显。

问题的症结在哪里呢？在讨论建设长防林工程时，县里的领导干部这才把那层各自都心照不宣的"窗户纸"捅开：林业上欠下的这笔账是长期失误造成的，现在要靠哪一届县委和县政府来偿还，难度相当大，况且林业周期长，见效慢，干这种吃力不讨好的事情划不来。因此，每届班子都只想在任期内干点吹糠见米、现得利能显示政绩的工作，对造林这种前人栽树、后人乘凉的事，从思想上到行动上并未引起足够的重视。

他们还联系本县实际，深入探讨了这样两个问题。一是荒山不绿化，生态环境不改善，穷山恶水依然是制约会泽经济发展的一大障碍，而且还会继续对长江造成危害。二是不通过植树造林建成一批绿色产业，山区的广大群众就不能拓宽靠山吃山、靠山致富的门路。

县委和县政府负责干部思想认识上的这一重大突破，成了会泽大力营造长防林，加快绿化荒山步伐的新起点。只有他们真正重视起来，把林业摆到重要位置上亲自抓，各项工作才能迅速打开局面。

——根据林业部门勘测的240万亩宜林荒山面积，制订出到20世纪末全部绿化完毕的总体方案，然后把总体规划分解成逐年实施的具体指标，同乡镇干部签订责任书，立下军令状按期完成。

——尽管县里财力十分困难，但每年除了拨足林业部门的正常经费外，又逐年再挤出100多万元来支持造林，大大超过了长防林配套资金的比例。

——随着造林面积的逐步扩大，全县 24 个乡镇分别成立了林工站，挑选出 1650 个农民组成了一支专业护林队伍，并建起以电台、对讲机、瞭望塔为主要设施的观察联络网，做好护林防火工作，巩固植树造林成果。

联营：农村兴林的有效途径

长防林建设是一项规模宏大的系统工程，光靠农民们一家一户分散去干，显然成不了大气候。会泽县经过摸索，推广"连片种植，专人管护，收益分成，联合经营"的做法，取得了良好的效果。

造林抓得比较早、造林成果显著的火红乡，就是根据林业周期长，见效慢，实行家庭联产承包责任制以后一家一户造林难，管护更难的这一新情况，而采取乡村户按一定的受益分成比例，动员农民将各自的小片责任山集中起来连片造林，由乡政府和村公所提供补贴，组织专业队伍护林这种做法干起来的。农民们看到荒山上种植的一片片幼林，在护林员的精心管护下，不被人和牲口乱糟蹋，就像新生的婴儿那样一天比一天长得可爱，打心眼里觉得这种做法好，不仅积极投工投劳，而且还把多余的轮歇地也拿出来参加联营。

为了把长防林建设迅速开展起来，县委和县政府在推广火红乡经验的同时，首先带头在一片 4 万多亩的荒山上，办起一个县乡村和农户四级联营的林场。各乡镇在征得农民同意的基础上，按照林业部门的规划设计，以及跟县政府签订的合同要求，也办起了一个个联营林场，从而把全县植树造林绿化荒山的事业，推向一个新的发展阶段。

实践证明，这是一条实行家庭联产承包责任制以后适合农村发展林业的有效途径。这样做，一是有利于解决农民们一家一户办不了、办不好的难题，调动了他们造林的积极性；二是有利于人财物的集中使用，便于领导机关统一指挥和林业科技成果的推广普及，加快了造林步伐，提高了投资效益；三是有利于一个一个山脉、一个一个水系进行综合治理，发挥整体优势，更好地改善生态环境。

大山重现慈祥容颜

现在，会泽县境内营造的 125 万亩人工林，大的已经长到人那么高了，成山成岭的幼树，嫩叶新枝，葱茏繁茂，景象格外喜人。通过封山管护起来的 74 万亩次生林，也焕发了青春，长得生机勃然。天幕之下一望无际的大山披上绿装，又重新展露出她那原有的慈祥容颜。

牛栏江边的火红乡，原来是一个林木茂密、山清水秀的好地方。后来，森林败光了，大山的脾气慢慢乖戾起来。春天，风沙滚滚，数十里以外的人们，也能看到火红乡上空卷动着的一条条"黄龙"；夏秋时节，不是洪水冲了田地，就是冰雹砸了庄稼。最近十来年，这个乡以联营方式营造起来的 15 万亩林子，不仅降服了风沙，控制住了洪涝灾害，树木涵养的水分还使干枯了多年的龙潭，重新冒出清清的泉水。

林业部门还给火红乡算了这样一笔账：再过 20 年，单这 15 万亩森林蓄积的木材，就能变成价值 10 亿元的巨大财富。

　　者海坝子里那个消失了的高原湖泊，虽然不可能再得以复生，但从 1989 年开始营造长防林以来，随着 14 万亩幼林在荒山秃岭上延伸的绿色，由四山进入坝区的 8 条大小河流，到了冬春季节不再像前些年那样，全都成为"死河"，无水可流。生态环境逐步得到改善之后，者海坝旱季小春粮食作物的种植面积，一下子由前几年的 8000 多亩扩大到 2 万来亩，年产量由 25 万公斤上升到 200 多万公斤。

　　以礼河电站是云南省 20 世纪 60 年代建成的一座大型电站。这几年会泽县大力植树造林绿化荒山，也给这个电站带来了许多好处。现在，电站水库的蓄水量，已由 10 年前的 2 亿立方米回升到 5 亿多立方米，年发电量由 10 亿千瓦时恢复到 15 亿千瓦时。由于含沙量减少，水质得到改善，电站水轮机过流部件的寿命，也由 3 个月延长到 1 年左右。

　　荒山秃岭上得以迅速复苏的绿色，不仅使会泽县的干部群众增强了搞好长防林建设的信心，还让他们看到了重现良好生态环境，发展经济脱贫致富的美好前景。

　　（本文原载于 1993 年第 7 期《瞭望》杂志）

现实中的神话

　　在云南，许多人都把泉眼叫作龙潭，哪里有泉水，便认为那里有龙，若是泉眼干枯不再出水，便以为是那里的龙飞到天上去了。

　　会泽县火红乡，最近十来年在荒山秃岭上营造的10多万亩树木陆续成林后，一些干枯了的泉眼又重新冒出清清的流水，演绎出一篇现实中的神话。当地的各族群众谈起这件事，无不自豪地说，因为山上有了树木，飞到天上的龙又重新回到我们大山里安家来了。

　　火红乡这个大山区，原本是个林木参天、泉水淙淙、生态环境极好的地方。后来，由于大炼钢铁、大办食堂、学大寨修梯田等几次以"大"著称的盲目乱干，一片片原始老林消失了，一股股山泉水干枯了。火红乡渐渐成了荒山秃岭，夏秋时节一下大雨，山洪暴涨，冲田毁地；春日里，风沙滚滚，数十里以外的人们，都能看到火红上空飞旋着的一条条"黄龙"。败光林子的山野，失去了她秀美的容颜，也失去了她应有的生机与活力，贫困和灾害随之降临到人们头上，火红乡因此戴上了甩不脱的"穷帽子"。

　　打倒"四人帮"之后的第二年，会泽县委派王明章来到火红乡任党委书记。这位从小就跟大山打交道，对森林有着深厚情感的硬实汉子，以新官上任三把火的气概，发动全乡干部群众开展讨论，总结经验教训，让人们从沉痛的失误中醒悟过来。上上下下经过一番反思，形成了"治穷必须治山，治山必先兴林"的共识，制订出绿化火红梁子的具体规划。

王明章和其他乡干部说干就干，当年就动员群众每人集资 3 角 5 分钱，买来 4000 公斤松子在 4000 亩荒山上播下。紧接着，他们又以 1978 年播下 1 万亩、1979 年播下两万亩、1980 年播下 2.3 万亩的速度，继续进行绿化荒山的事业。大家看到头几年种下的松子萌发出来的幼苗，长得既壮实又整齐，成活率在 90% 以上，信心更足了。全乡人民经过十几年连续不断的艰苦奋斗，一共植树造林 15 万亩，基本上把火红乡的秃岭荒山绿化起来。

随着造林面积的逐步扩大，各村推选出 74 名认真负责、秉公办事的农民当护林员。后来，乡上还成立了林业工作站，负责管理全乡的林业生产，组建起一支林业经济民警队伍，专门负责查处偷砍盗伐的毁林案件。特别是 74 名护林员，他们尝够了无林的苦头，绿化荒山造福子孙的决心更加坚定，尽管每人每月只有三四十元的微薄待遇，但仍旧常年住在山上，吃在山上，就像母亲关照自己的孩子那样，日夜巡山护林，十余万亩林子在十几年时间里，从来未发生过一次火情。有一位名叫安万有的彝族老人，67 岁高龄还上山当了护林员。当安万有为护林尽了最后一分心意病逝后，乡村干部遵照他"生要护林，死了也要护林"的遗嘱，将他安埋在林海中的一处高坡上。

经过人们的精心管护，十几年的风雨滋润，如今火红梁子上通过播种育苗形成的 10 多万亩树木都已长大成林，昔日败尽原始森林而造成的濯濯童山，又重新披上重重叠叠、厚厚实实的绿装。站在大山上远远看去，天际之下林涛滚滚的群峰，就像碧波荡漾的大海，处处充满生机与活力，给人们带来了无限美好的希望。据当地群众反映，现在，火红春日里那种风沙滚滚的现象已经得到彻底控制，夏秋之际的洪涝灾害也比过去大为减少，珍禽异兽等野生动物又逐渐多起来了。

火红乡生态环境改善后泉水又多起来的例证，莫过于花石头水库的变迁最具有说服力了。前几年，会泽县政协的部分委员来到这里视察，他们触景生情，感慨万千，当即请人刻石立碑：

"斯库建于 1958 年，极目赤土，山荒水涸，何收建库之效？从 1977 年起，历届火红乡党委为振兴林业，动员人民群众造管结合，持之以恒，林始成片，库内绿水盈盈，足证造林保水之效⋯⋯"

山上有了树木，飞上天的龙又重新回到大山里来安家落户，于是，干枯了的龙潭又出水了。火红乡群众的这个说法，虽然有失偏颇，但它的含义却是耐人寻味的。

（本文原载于 1992 年 8 月 16 日《中国林业报》）

傣家井

大凡到过云南西双版纳傣族自治州的人，都会被那里特有的亚热带的奇花异树，以及掩映在万绿丛中的竹楼、缅寺、佛塔陶醉得流连忘返。其实，西双版纳的迷人之处又何止这些？

最近，我们在这个州采访时，刚走进景洪县一个叫曼勐的寨子，树荫下一座既跟佛塔相似，但又不全像佛塔的精美建筑物，便把我们吸引住了。

"老刀，这又是你们傣家人的什么建筑啊？"我们问兼任向导和翻译的傣族干部刀光明。

"这是我们傣家人的水井。"

"你们傣家人的水井，也建得这么奇特？"

刀光明点头笑了。

我们围过去一看，这眼傣家井的井台是一块平整的水泥地，蓄满清水的井筒全由青砖砌成，井台和井筒接合处是一道防止井外污水倒流入井的井栏，井栏上放着用一段竹筒跟一根长竹竿相连做成的公用打水工具水瓢。更为别致的是，这眼井的井筒上面，还建有两只并列的大象作底，上置一座彩绘佛塔的井罩。清风徐来，塔尖上的风铃丁零作响，悦耳动听。

构成井罩的大象和佛塔，肯定跟傣族地区野象多，傣家人信奉佛教有关，但镶嵌在井罩外壁上那一面又一面反射着阳光的小圆镜，又是怎么回事呢？刀光明向我们解释说，这些小圆镜是建井时全寨子的每户人家献出来的，它一是表明井里的水像明镜那样干净，二是表明傣家人的心灵也像明镜那样纯洁。

正当我们看得入神之际，三四个身着轻纱薄绸短衫、长筒裙的傣家妇女挑水来了。她们将竹扁担担来的两只铁皮桶放在井台上，然后弯下腰握住长柄水瓢，把清亮亮的井水臼起来倒在桶里。待两只铁皮桶灌满清水之后，她们重新担起扁担挑上桶，迈着轻盈的步履，飘飘然向着竹林深处一株株大青树掩映下的竹楼走去。

向导刀光明又领我们看了另外几个寨子的傣家井。这些水井的井台、井栏、井筒建得大体上跟曼勐寨那一眼差不多，但井罩的建筑风格却各具特色：有的是以飞龙造型图像作底，上置一座独立的佛塔；有的又是以孔雀造型图像作底，上置同样大小的三座佛塔；有的则是以大象造型图像作底，上置一座大塔和四座小塔。每座井罩的外壁上，也都同样镶嵌着无数面耀人眼目的小圆镜。

刀光明向我们介绍说，他们傣家人认为，水不仅是世界上万物生命的源泉，而且还是圣洁、光明、美好的象征，所以人们对水格外虔诚，对水井建筑格外重视，并把每眼井建成的那一天定作"祭井日"。每到祭井日这天，寨子里的男男女女都会来到井边，共同把井里的淤泥淘尽，把周围的环境收拾得宽敞明亮，将井罩彩绘翻新，然后敲响铓锣、象脚鼓，唱起歌跳起舞，表达傣家人对水以及水井的一片心意。

（本文原载于 1988 年 7 月 15 日《人民日报》海外版）

胞波情谊新篇章

在云南德宏傣族景颇族自治州芒市宾馆的院内，36 年前由周恩来总理和缅甸总理吴巴瑞亲手种植，象征着胞波情谊的两棵缅桂花，如今长得高大挺拔，枝繁叶茂，浓郁的花香沁人肺腑。

中缅两国源远流长的胞波情谊，如今在彼此之间都实行对外开放，搞活边贸发展经济的新形势下，进一步得到了巩固和深化。

德宏州三面与缅甸山水相连的瑞丽市，为了给姐告边境贸易经济开发区的建设做准备，需要在瑞丽江上架设一座便桥，可是由于江面宽阔，施工机械和架桥物资运不过去。缅甸地方官员得知这一情况后，便主动让中国车辆由畹町入境，沿着当年的滇缅公路行驶至姐告。便桥架起来，姐告投入开发，缅方又在木姐附近划出几个山头，让瑞丽市的施工队取土、炸石头，垫高低洼积水的地方。

现在，瑞丽江上一座长达 456 米的公路大桥已建成通车，每天来往运输边贸进出口商品的汽车就有数百辆之多。尽管姐告边境贸易经济开发区的建设才刚刚全面展开，但界碑两侧新辟的中缅街，已建成一幢幢独具特色的楼房，办起一家家商号，招来了双方以及其他国家的大批客商。

木姐镇镇政府主席吴盛温面对这番新气象，高兴地对瑞丽市一位负责干部说："搞活边贸，你们发展了，我们也发展了，这真是一件对双方都有利的大好事！"

　　缅北与德宏州接壤的一些地方如果有什么困难，同样会得到中国地方政府的帮助。近几年来，畹町和瑞丽两市的有关部门，分别为九谷、木姐、南坎三镇架设起输电线路，安装好程控电话和电视接收天线，为这些地方改变落后面貌、走向现代化创造了条件。有一次木姐镇失火，风助火势，越烧越猛，如不及时扑救，全镇都会受到威胁。瑞丽市的消防队和许多干部群众，立即过江赶去参加灭火，事后还送去一些救灾物资，使对方官员、百姓更加感受到胞波情谊的温暖。

　　同属亚热带的德宏州和缅北地区，自然景物、风土人情、宗教色彩格外迷人。从去年以来，畹町、瑞丽、芒市的旅游部门，分别同缅方九谷、木姐、南坎三镇的有关方面商定，共同合作开展一日游活动。仅一年多的时间，彼此之间就接待了十几万旅客，不仅增加了收入，还促进了边境贸易的发展，收到一举两得的良好效果。

　　随着边境贸易的日益兴盛，不少缅甸客人来到德宏州做生意，当地政府不仅为他们提供了各种方便，还为他们制定了优惠政策。仅瑞丽城内的商业街，就有百余家缅商开设的门市和摊点。在绿色的氛围中和明媚的阳光下，商业街就像一条五彩缤纷的长河，荡漾着中缅友谊的波光。

（本文原载于 1992 年 9 月 26 日《云南日报》）

泸沽湖畔 "女儿国"

　　倒映着蓝天白云，拥有 50 多平方公里水面的泸沽湖，犹如一颗巨大的绿宝石，镶嵌在云南西北部宁蒗县与四川西南部盐源县交界处的崇山峻岭之间。这里，不但有明媚的湖光山色，而且还有独特的社会风俗。散居在泸沽湖西边宁蒗县永宁乡境内的 4 万多摩梭人，至今仍旧保留着某些母系社会的遗迹，因此被外界誉为神奇的 "女儿国"。

独特的婚姻形式

　　走婚，便是摩梭人独特社会风俗的标志之一。

　　目前，在摩梭人中存在着这样三种婚姻形式：阿夏偶居婚（即 "走婚"）、阿夏同居婚及一夫一妻婚，但阿夏偶居婚，仍旧是他们的主要婚姻形式。

　　"阿夏" 一词是摩梭语，意为亲密的情侣。摩梭人走婚的主要特点是，建立了阿夏关系的人们，男不娶，女不嫁，各居其母家，夜间，男阿夏到女阿夏这边来过夫妻生活，第二天一早，男阿夏便离开女阿夏，返回自己的母系家里。他们所生的孩子，由女方家里抚养，男方只在经济上给予一定的帮助。也有一些男女阿夏，由于种种原因，要么男方到女方家入赘，要么女方嫁到男方家里。但即便是出现了这种阿夏同居婚现象的家庭，其他的成年人也照样坚持"走婚"。少数离开当地农村外出参加工作，失去了对母系家庭的依赖和"走婚"条件的男女青年，他们有了情人之后，只好在单位所在地正式办理结婚手续，组成单独的小家庭。

宁蒗县永宁乡的干部对我们说，摩梭人的"走婚"是以牢固的爱情为基础的。据他们介绍，在劳动、学习或节日庙会的活动中建立了阿注关系（即朋友关系）的男女青年，彼此经过进一步了解，那些认为相貌、体格、品行、能力都可以相互匹配者才能成为阿夏。按照摩梭人的道德标准，一个男人只能同另一母系血统中的一个女人走婚，如果有人违背了这个规矩，就要受到公众舆论的谴责，甚至被赶出村寨。少数感情破裂的男女阿夏，彼此之间好聚好散，孩子归母家，也不存在什么财产纠葛的问题。他们离异后均可另外寻找自己满意的阿夏，别人也无可非议。

神圣的母系家庭

同摩梭人走婚习俗密切相关的是他们神圣的母系家庭，或者说两者互为条件，才形成当今社会这种罕见的独特风俗——走婚和母系大家庭。

摩梭人的母系大家庭，全由同一母系血统的成员组成。由于他们男不娶、女不嫁的婚姻形式所决定，每个家庭里不可能掺杂进其他母系血统的成员。即便是那种出现了阿夏同居婚现象的家庭，绝大多数成员也还是同属于清一色的母系血缘范畴。在这样的家庭里，财产由母系成员支配，孩子们的姓氏也大多数依从于母系，母亲或其他有本事的妇女，成了最有权威的人物，经济开支、生活安排、农事活动和接待宾客，全由她们操持。只有那种像祭祀庆典、外出经商这类女性力所不能及的事情，才由男人承担。

在一位乡干部的引导下，我们去到纳哈瓦村一户女主人叫松那敏的摩梭人家串门。这是一个四代同堂，共有 18 个同一母系血统成员的大家庭。宽敞的院落，由四栋一楼一底的木楞房组成。正房底层镶有地板、设有火塘的大厅，是全家人进餐、议事的场所，楼上则是老年人和孩子们的居室。正房左侧那栋富丽堂皇的厢房，是松那敏当喇嘛的弟弟专门从事宗教活动的经堂。其余两栋厢房的楼层，分别隔成若干个被称之为"花楼"的房间，这便是专供这个母系大家庭的青壮年女阿夏，分别接待她们男阿夏的地方。

我们坐在正房那间厅堂里，一面喝着松那敏老大妈打好的酥油茶，一面跟她在家休息的小儿子扎史策尔讲些家常话。扎史策尔介绍说，他家耕种着 14 亩水田、16 亩旱地，饲养着 8 匹马、两头牛，还有 1 台汽车和 1 挂马车。由于他妈妈操持得好，全家人齐心努力，每年能收获 1 万来公斤粮食，跑运输的汽车、马车也能挣万把块钱，再加上其他家庭副业收入，小日子过得还蛮不错。

摩梭人的这种母系大家庭，无公婆、婆媳、妯娌、姑嫂之间可能会产生的矛盾，同一血缘关系的成员，和睦相处，尊老爱幼，生活过得美满幸福。

由于这样一些缘故，所以摩梭人格外崇敬女性。他们不但把泸沽湖比作母亲湖，还把湖畔一座大山誉之为神女峰，每年都要在农历五月初五和七月二十五这两天，举行盛大的环湖绕山庆祝活动，用欢乐的歌声和优美的舞姿来赞颂聪明仁慈的女神。

一个令人难解的谜

我们在永宁乡看到，摩梭男人和女人都长得精明强悍，高个子，长挂脸，一双大眼睛。他们的服饰，有点和距他们不远的藏族相似，男穿大襟上衣宽口裤，头戴礼帽，腰扎丝带，脚蹬长筒皮靴；女着大襟短衫百褶裙，头上盘起发髻，耳角坠有银圈，一派潇洒自如的气度。大自然又为他们提供了一个水秀山明的环境，这就更把一方地灵人杰的风貌烘托得淋漓尽致。

据史学家考证，摩梭人是我国古代西北羌人的一个支系，大约在2000多年前，他们为了躲避战乱，逐步南迁，最后才在泸沽湖周围定居下来。摩梭这个称谓，早已散见于我国古代的一些史书。13世纪，意大利旅行家马可·波罗来到中国，曾经到过滇川边界的一些地方，在他的《马可·波罗行纪》一书中，对摩梭人的走婚习俗就有过记载。

在人类的进化史上，大约在距今1万年左右的新旧石器时期，世界各民族都曾经经历过母系社会这个发展阶段。聚居在泸沽湖附近的其他民族，也都早已形成男婚女嫁、一夫一妻对偶婚的婚姻制度。那么，为什么在现代的摩梭人中还存在着这种母系社会的遗迹呢？近年来，一些史学家和民俗学家怀着极大的兴趣，来到这里进行考察研究，但谁也没有把这个谜彻底揭开。

新中国诞生后，国家虽然颁布了《婚姻法》，但当地政府为了尊重摩梭人的风俗习惯，仍旧让那些乐意走婚的人坚持这种婚姻形式。永宁乡解放初期的一份调查材料表明，当时摩梭人中的走婚人数为他们已婚总人数的60%。如今，40多年过去了，随着经济、文化、教育的发展和交通条件的改善，摩梭人的文明程度有了很大的提高，跟外界的接触或受外界的影响也多了，但现在在他们的三种婚姻形式中，走婚人数仍然占60%左右。

摩梭人的母系家庭还普遍存在着这样一种风尚：所有的成年女性都把这个或那个女阿夏的孩子视为自己的子女，谁要是没有孩子，不但不会受到歧视，反而还会受到其他人的敬重。

因此，尽管一个家庭里有好几个女阿夏，但她们生育的孩子并不多。这样的风尚，为执行国家的计划生育政策奠定了良好的思想基础。据永宁乡政府统计，全乡最近5年的人口自然增长率平均为11‰，而摩梭人的人口自然增长率才达到6‰。

我们在永宁乡采访期间，许多摩梭人谈到他们的走婚和母系大家庭，都认为这样的风俗习惯，对社会、家庭、个人皆有好处。一个在外边组建了小家庭、名叫曹金民的乡干部，怀着恋恋不舍的感情说："我们摩梭人的母系大家庭，确确实实叫人感到很温暖。可是我现在在外地工作，就享受不到那样的福分了！"

（本文原载于1988年第7期《西部世界》杂志）

独特的东巴文化

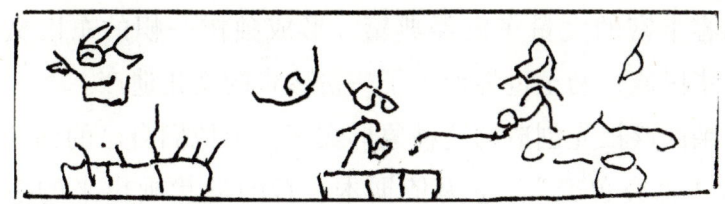

　　呈现在读者眼前的这些符号，就是我国纳西族先民用他们本民族的象形文字，书写的神话故事《人类的来历》这部东巴经的一个片段。用汉语翻译出来，它的意思是："在物产丰盛的大地上，好心的成年男人没有妻子，他就到天上去找妻子。天上的蔡荷包波密，是个没有丈夫的好心成年女子，她就到地上来找丈夫。"

　　东巴象形文字和用这种文字写成的东巴经，是纳西族东巴文化的重要组成部分。读者借助汉语译文提供的帮助，了解了这段用东巴象形文字书写的东巴经内容之后，也许会对纳西族独特的东巴文化有了一个具体的印象。

一份珍贵的文化遗产

　　纳西族是滇西北一个古老的民族，主要以丽江纳西族自治县为聚居的中心地区。这里，金沙江劈开重峦叠嶂的雪山险峰，汹涌澎湃向东流去；最高海拔近 6000 米的玉龙雪山，以其银光耀眼的雄姿矗立于天际之间；群山环抱的一个个叫作"坝子"的小盆地，平畴阔野，村舍整齐，远有雪山风光辉映，近有茂林花木点缀。纳西族的先民们就是在这片美丽神奇的大地上，创造了自己的象形文字，并应用这种文字写下内容丰富的大量东巴经典籍，形成独树一帜的东巴文化，为中华民族，乃至世界留下了一份珍贵的文化遗产。

纳西族祖先创造的这种象形文字，用他们自己的话来说，叫作"森究鲁究"，意为依据木、石的形状画出来的痕迹，即见木画木，见石画石，用图像形式造出来的文字。这种文字被山村里的诵经者"东巴"用来书写经书，因此被通称为"东巴文"。东巴文在构造上与汉族的甲骨文有某些相似之处，也是采用象形、表意、形声、假借等几种方法形成的一种文字。但东巴文尚处于图画文字阶段，收集整理出来的单字共有 1300 多个。

由于纳西族接受汉文化的影响比较早，历代纳西族上层人士使用的都是汉字和汉文书籍，因此，东巴文未能得到广泛应用。通晓这种原始象形文字的只有那些一代接一代，专门跟东巴经打交道的东巴或受他们影响的少数人。

"东巴"一词为纳西语，意为占卜者和诵经者，除开宗教色彩这个含义外，东巴还是纳西族古代文化的继承者和传播者。历代的东巴们，用本民族的象形文字记录或创作了大量的东巴经。这些经书都是他们用竹笔蘸墨或色彩，在棉纸装订的册子上抄写的，不但内容丰富多彩，而且象形文字也书写得十分优美，既是经文，又是精湛的艺术品。

目前各地收集到的东巴经已达两万多卷，其中的内容涉及古代纳西族宗教、文学、语言、历史、地理、天文、历法、神话、诗歌、音乐、舞蹈、民俗、家庭、饮食、衣饰、人体、农业、畜牧、建筑、医药、武器等方面的知识，被专家们誉之为"纳西族古代的百科全书"。

打开东巴文化宝库的先驱者

进入 20 世纪以来，东巴文化逐渐引起国内外一些有识之士的重视，于是，纳西族这颗古老的文化明珠，逐渐从滇西北的大山里飞向全国，飞向世界。

最早涉足东巴文化的国内学者有章太炎、刘半农、费孝通、方国瑜、傅懋勣、李霖灿，外国学者有法国的巴克，美国的洛克，瑞典的约克瑟，德国的雅纳特，日本的久岛君子、百岛芳郎等人。这些学者不远千里万里或远涉重洋来到滇西北，当他们深入纳西族村寨，从东巴们那里看到一本又一本用象形文字书写得那样精美，内容又是那么神奇美妙的东巴经时，无不为之惊叹：纳西族的先民们用自己创造的象形文字，写下了如此浩繁的经书卷帙，在世界各民族的文化发展史上实属罕见！他们在占有大量材料的基础上，进行了许许多多开创性的研究工作，写下了不少论述东巴经、东巴象形文字的文章或专著，翻译了记录于东巴经里的大量神话故事，成为打开东巴文化宝库的先驱者。

美国学者洛克，他 1922 年的第一次丽江之行，是为搜集玉龙雪山上的植物标本而来的。但当他无意中闯进东巴文化宝库的大门之后，竟然从此改变了他青年时代立志做一名植物学家的初衷，成为终身研究东巴文化的外国专家。洛克在滇西北一待就是20几年，先后写成10几部专著。他回到美国以后，又花了将近20年的心血，形成了用英语释读东巴经8000多个象形文字、词汇的上下两大卷《纳西语英语百科辞典》。由于洛克的倾心介绍，扩大了东巴文化在世界上的影响。

台北故宫博物院原副院长李霖灿，是中国研究东巴文化成绩最卓著的一位学者。抗日战争初期，李先生跟随就读的学校，由内地迁来昆明至抗战结束的几年间，他数次到过丽江，跟东巴们一起诵读东巴经，学习东巴象形文字，并收集到1300多卷东巴经典籍，为毕生从事这方面的研究创造了有利条件。在其后的几十个年头里，他共有10几部这方面的专著问世。1977年在台湾出版的《么些（纳西）经典译注九种》一书，则是李先生晚年的封笔之作。他在该书的总序中，写下了这样一段情真意切的文字："至于我个人，因为数十年沉湎于斯，又对美丽的玉龙大雪山情有深眷，希望我的这一方面的著作，都能为丽江父老和大雪山灵所喜。我爱那里的一切，不但时时思念，他日化去，我的精灵魂魄亦必定会萦回栖憩于斯，因为我在那里度过了我最美丽的年轻时代。"

国内研究东巴文化的先驱者，建树颇丰的还有方国瑜、傅懋绩等人。方国瑜是一位纳西族著名的史学家和民族学专家。方先生从20世纪30年代起就开始致力于东巴文化的研究工作，他编撰的《纳西象形文字谱》，对1340个象形文字和222个派生字，逐一作了标音解说，成为研究东巴文化必不可少的重要工具书。

静悄悄的东巴文化研究室

　　丽江东巴文化研究室坐落在县城玉泉公园的一个偏僻角落里。公园内一泓清亮亮的泉水，倒映着远处银装素裹的玉龙雪山，湖堤上有终年常绿的古树和四季常开的花木，一座琉璃瓦盖顶飞檐翘角的湖心亭，悬挂着文学大师郭沫若集句并亲手草书的楹联："春风杨柳万千条，风景这边独好；飞起玉龙三百万，江山如此多娇。"东巴文化研究室的学者们就是在这样一处清静的环境里，潜心进行他们本民族珍贵文化遗产的研究工作。

　　这个研究室 1980 年创建时，面对文化事业遭受"十年浩劫"留下来的一片残破不堪景象，大力抢救东巴文化便成了当务之急。几位学者翻山越岭，不辞劳苦，走遍丽江县的大部分村寨，又在民间收集到 800 多卷幸存下来的东巴经。由于健在的东巴已经不多了，学者们又四处寻访，终于请来 5位老东巴做助手。他们在通读近 6000 卷东巴经的前提下，将从中筛选出内容互不雷同的 1300 卷，逐字逐句注上国际音标和汉语读音，并依次分为宗教、文学、语言、历史、地理、天文、历法等 40 个门类，编写出分类目录。

　　丽江东巴文化研究室的学者们，经过这番孜孜不倦、默默无闻、历时数载的辛劳，系统、全面、深入地把东巴文化的研究工作大大往前推进了一步。在这个基础上，他们牵头召开了三次有省内外学者参加的学术讨论会，出版了《东巴文化论文集》，以及三卷象形文字、国际音标、汉语译音、汉语释意四对照的《纳西东巴古籍译注》；随即，影印1300本、约6000万字的《东巴经全集》一事，也被列上出版计划。

　　近年来，还有国内其他地区以及美国、日本、英国、法国、瑞典、挪威、意大利的一批学者，在继续进行东巴文化的研究工作。丽江东巴文化研究室还与这些海内外的同行们进行了广泛的联系，为推进这项国际研究工作提供了许许多多的支持和帮助。

　　　　（本文原载于1990年第32期《瞭望》杂志海外版）

爨碑——中国书法史上的瑰宝

现存云南曲靖第一中学碑亭内的《爨宝子碑》，以及与曲靖市毗邻的陆良县薛官堡村斗阁寺的《爨龙颜碑》，是1500多年前产生于当地的两块重要碑刻。二爨碑不仅是研究云南地方史的珍贵资料，而且还在中国书法史上有着独特的地位，被誉为"南碑瑰宝"、"楷书第一"而扬名海内外。

爨，读"Cuàn"，曾经做过姓氏用字。爨氏部落，原为我国古代西南地区少数民族中的一大群体。爨氏的上层人物，曾在魏晋南北朝至唐代初叶的500余年间，长期成为以今天曲靖、陆良为中心的南中地方政权的执掌者。当时，内地因战乱不息而南迁的流民，将中原的先进文化和生产技术带到南中，促进了这一地区各民族之间的交流、繁荣和进步。后来，虽然爨政权垮台了，而且连这个姓氏也消失了，但却在中国书法史上留下了千古不朽的爨碑。

《爨宝子碑》是东晋义熙元年（公元405年），为振威将军、南中建宁郡太守爨宝子所立。《爨龙颜碑》则是南朝刘宋大明二年（公元458年），为龙骧将军、南中宁州刺史并邛都县侯爨龙颜所立。二碑因形制大小和文字多少有所差别的缘故，前者又被称之为"小爨碑"，后者又被称之为"大爨碑"。二爨碑碑文叙述了爨宝子和爨龙颜的家世、生平事迹及爨氏家族同中原王朝的关系。在碑文的文体方面，明显地受到当时中原地区盛行的散文与韵文交错并用、四六字句型对仗工整这种骈体文风的影响。在书法形体方面，则是融隶书和楷书笔法为一炉创造出来的新型书体，从中不难看出隶书向楷书衍化的迹象，对研究汉字及其书法艺术的发展史，具有极为重要的价值。

中国的汉字或书法艺术，经历了甲骨文、钟鼎文、篆书、隶书、草书、楷书这样几个演变发展阶段，爨碑便是魏晋至唐初汉字由隶书变为定型楷书这一过渡时期的产物。细品二爨碑，《爨宝子碑》的隶书笔意还比较明显，但过了53年产生的《爨龙颜碑》，楷书笔意就比较清晰了。由此可见，当时为了适应社会发展的需要，隶书向楷书激剧衍化的趋势。

从书法艺术角度来研究爨碑书风，虽然它还属于由隶书变为楷书这一过渡时期不大成熟的作品，但也因此形成了自己独特的艺术风格。从总体上看，碑文书体笔画隶意中孕育着楷意，楷意中又显露出隶意，既不像隶书那样飘逸潇洒，也不像楷书那样严谨规范，显得稚拙古朴，厚重端庄。爨碑中的有些字，还在结体方面有意做了夸大或缩小，甚至把整个字的重心加以倾斜，改变了笔画的书写方向，体现出处于变革时期那种拙中见巧、奇肆多姿的美学情趣。

《爨宝子碑》和《爨龙颜碑》自清代中叶相继出土以后，逐渐引起史学家、金石家、书法家的重视。清道光云贵总督、金石家阮元，称赞大爨碑"文体书法皆汉晋正传，求之北地亦不可多得，乃云南第一古石"。清末民国初年的书法家康有为，在他的《广艺舟双楫》一书中，将爨碑列为"神品"，并对它做了全面分析和评价。近年来，随着汉字书法艺术和中外文化交流活动的日益活跃，每年都有大批国内以及日本、新加坡、法国、美国、加拿大的仰慕者，前来曲靖和陆良观瞻研习爨碑，由此产生了一批论文或专著。国内外的一些书法家，平时专以爨碑为帖，逐渐形成一种新型的爨体书风。在爨碑的故乡曲靖，还以爨碑和其他相关的史料为依据，对产生于古代南中地区独特的爨文化，开展了广泛的学术研讨活动。面对这番情景，一位学者兴奋地写诗赞道："新风拂爨碑，爨碑倍生辉，迎来五洲客，爨乡欲腾飞。"

（本文原载于 1992 年第 26 期《瞭望》杂志海外版）

赵藩成都武侯祠联流芳百世

"能攻心则反侧自消，自古知兵非好战；不审时即宽严皆误，后来治蜀要深思"，这副由云南白族著名学者赵藩先生创作，并由他亲自书写经别人镌刻后而悬挂于成都武侯祠的楹联，以其深邃的思想内涵和精湛的书法艺术魅力，在中华浩瀚的联海里留下了浓墨重彩的一笔。

赵藩先生此联，产生于清光绪二十八年冬月初一，即1902年11月30日这一天。此时，新任四川总督的岑春煊，因过去曾经做过赵藩的学生，彼此之间又有深厚情谊的关系，于是在当年10月将他的老师由四川济楚盐局任上，改派为管理川省盐茶一事的主要官员。既为摇摇欲坠的清王朝而忧虑，又对贫苦百姓寄予一定同情心的赵藩，面对岑春煊采取高压政策来处理四川民众反抗清朝腐朽统治的种种做法，却因无力向这位深得慈禧信赖、刚愎自用的学生兼顶头上司面谏直陈而烦恼。

曾在四川下层为官多年的赵藩，对川省的历史和现实应该说是比较了解的。他升任盐茶道主管官员之后不久，于冬月初一这天在公务之余由随员陪同，迎着徐徐寒风，踏着萧萧落叶，心事重重地走进了成都南郊的武侯祠。当他举目看到大殿正中那尊诸葛亮的贴金塑像时，突然忆起这位先贤为辅佐蜀国后主刘禅治理南中内乱，在率兵征讨当地豪强孟获的过程中，因采取"心战为上，兵战为下"的策略，终于在七擒七纵之后使孟获心悦诚服，"南人不复反矣"的这段历史，不禁心潮澎湃，由古及今，脑海里顿时碰撞出一束火花，于是，武侯祠联一气呵成。联文撰就，赵藩命随员购来优质木板，亲自用颜体书风极浓的行楷书写，并题上上下款"光绪二十八年冬十一月上旬之吉"、"权四川盐茶使者剑川赵藩敬撰"之后请刻工镌刻完毕，然后让人敲锣打鼓送往武侯祠在大殿走廊中间的立柱上悬挂起来，以便造成影响，引起岑春煊的注意。

　　这副思想性和针对性都极为明确的楹联，用今天的话来说，它所表达的意思是：假若能够从心理上瓦解对方，那么，有异心的人就会不复存在，从古以来凡是通晓军事的掌权者不仅仅只是热衷于战争；如果不仔细体察时势，即便是采取或宽或严的措施来处理问题都是会误事的，因此，后来治理四川的官员们可要好好想一想这个道理啊！这里还有必要对该联题款中的几个用语做一点解释。上款中的"之"字，相当于现代汉语的结构助词"的"；"吉"，朔日，即阴历每月初一。下款中的"权"，是任职的谦词。"盐茶"，为盐茶道的省略用语。道，指清代设置的省属主管某种事务的部门，其负责官员称道台。盐茶道，即省直主管盐茶事务的机关。使者，听使唤的人，这也是赵藩对自己所任四川盐茶道主管官员的自谦用语。

　　在书法艺术方面，赵藩创作的成都武侯祠联，也堪称上乘之作。清代乾隆年间，滇籍人士中曾产生过一位在政坛上"直声震海内"，同时以写颜体书法而著称的钱南园。后来在钱氏的影响下，赵藩以及与他同时代的另外一些云南人，大力弘扬颜体书风，并在颜体书风的继承和创新方面取得了令人瞩目的成就。光绪十四年（1888 年），赵藩代笔为云贵总督岑毓英（岑春煊之父）书写而重新刊刻的昆明大观楼长联，便是一件极富颜书风范的楷书佳作。过了十几年之后，赵藩在创作成都武侯祠这一楹联时，却改用他既端庄浑厚又遒劲多姿、别具一格的颜体行楷书出。细品这副联墨，联文因书法而彰显其意，书法又因联文而恢宏其神，联与书相互辉映，更增强了自身的感染力。

出自赵藩之手的成都武侯祠联，以其深邃的哲理给后人留下了一笔重要的精神财富，特别是在新中国成立之后，曾经引起几代中央领导同志的重视，更显示出它特有的历史价值。1958 年中央在成都召开会议，有一天毛泽东主席在四川省委负责干部的陪同下走进武侯祠的时候，他面对赵藩此联沉吟再三，久久不愿离去。1980 年胡耀邦总书记在同一名即将赴广东任要职的干部谈话时说，毛主席曾经讲过成都有一副关于治蜀的对联，现在我把"治蜀"改为"治粤"将它写了送给你。2002 年 5 月 21 日，江泽民总书记在视察四川时的讲话中，曾经说了这样一段话："成都的武侯祠里有清人赵藩的一副名联：'能攻心则反侧自消，自古知兵非好战；不审时即宽严皆误，后来治蜀要深思。'这里边包含着深刻的道理，对我们今天观察形势，处理好各方面的工作，仍然可以起到重要的启示作用。"

赵藩（1851—1927 年），出身于云南剑川县一个白族书香门第家庭，从小志向远大，既刻苦饱读诗书，又积极参与社会活动，替自己的一生在为人、做官、治学方面奠定了坚实基础。他于文、于诗、于联、于书都有很深的造诣。清末，赵藩在四川任提调、州牧、总办、道台、臬台、道尹、学务总理等官职十余年，1910年因营救泸州一位革命党人无果而愤然辞官返乡。之后，他积极投身于云南的辛亥革命、反对袁世凯复辟帝制的护国运动，并一度做过广州军政府的交通部部长。这位白族硕儒，满怀忧国忧民之情，饱蘸对社会对人生的感悟，走到哪里就把诗写到那里、对联作到那里、书法写到那里，综其一生，他一共创作了5000余首（副）诗词楹联作品，在滇川两省的许多地方留下了大量墨宝。赵藩晚年在出任云南图书馆馆长期间，由他挂帅编纂刊刻的千余卷《云南丛书》，为保存地方文献资料做出了不可磨灭的贡献。

如果说"文如其人"、"书如其人"，那么，从这个意义上来探索赵藩创作成都武侯祠联的缘由，必然会给后世有志于此道者以深刻的启迪。

（本文曾刊载于《书法导报》）

老船工回忆录

云南禄劝县和四川会理县之间的皎平渡，是金沙江上的一个重要渡口。1935年4月下旬，由贵州进入云南的红一方面军的一、三、五军团，以及干部团和中央机关的数万人马，在当地36位船工的帮助下，靠7只木船连续奋战9天9夜，从皎平渡顺利渡过金沙江继续北上，写下了长征史上光辉的一页。

50年前为红军划船摆渡跨越天堑金沙江的36位船工，现在还健在的只有云南禄劝县皎平乡的陈玉清、张朝满，四川会理县四一乡的周启龙和会东县龙树乡的李明禄这四位老人了。

1935年5月2日夜间，一方面军干部团派出的先遣连，从金沙江南岸的大山上下到江边的河门场，在这个村子里首先找到贫苦农民张朝寿。红军战士见张朝寿光着上身，马上脱下一件衣服给他披上，并对他说："红军是穷人的队伍，我们现在要过江到四川那边去，请你帮个忙吧！"张朝寿见红军战士个个和蔼可亲，宣传的革命道理又是穷人的心里话，便立即带领红军向皎平渡南岸的船房进发。

在红军来到皎平渡之前，当地伪保长已按顶头上司的命令，把一只坏了的木船沉到江水里，另一只好船划到渡口上游的江湾里藏了起来。红军先遣连来到渡口，在张朝寿等当地群众的帮助下，从水里打捞起那只破船，买来几匹布撕成条堵塞住漏洞和裂缝。正在这时，伪保长打发船工殷梦之划着那只藏在江湾里的好船，回船房来取大烟。红军当即扣住这只好船，及时为过江做好了准备。

午夜时分，先遣连两个排的战士登上两只木船，由殷梦之、张朝寿等人挥动船桨，顺着黑乎乎的水面，箭一般地驶向对岸。对岸江边的税卡厘金局，住着一个姓林的师爷和两个卫兵。红军上岸后，张朝寿按照红军的吩咐，用本地话喊开厘金局的门，红军战士马上冲进去，缴了那两个卫兵的武器。厘金局东边不远处的三家马店里，住着川军的小股江防部队。红军战士迅速摸进马店，命令他们缴械投降。听到红军的吼声，川军江防部队只得乖乖地放下手中的武器。三颗红色信号弹的弧线在漆黑的山谷里升起，先遣连首次渡江成功了！

红军控制了整个渡口以后，又在北岸和上游的鲁车渡找到了 4 只大船和 1 只打鱼用的小船，并从两岸附近的村子里，请来陈玉清、张朝满、周启龙、李明禄等一批汉族、傣族和彝族船工。从 5 月 3 日起，36 位船工在红军的指导下，轮班划动 7 只木船，日夜不停地把红军由南岸摆渡到北岸。

老船工张朝满一边讲述着这段历史，一边带领我们来到江南岸一块叫作"龙头石"的旁边。"红军过江时，一位戴着眼镜的首长，就站在这块石头上进行指挥。"老人家笑起来接着说："那时保密啊，不敢打听。后来才知道，这位首长就是刘伯承。"

头两天过江的干部团，在陈赓和宋任穷的率领下，很快上到北岸的大山上，把那边通往皎平渡的所有关卡都控制起来。他们还打下通安镇，把川军刘元瑭师的队伍赶回会理城，让船工们将陆续赶到江南岸的红军，顺顺当当地摆渡过江。

原计划从皎平渡上游龙街渡过江的一军团，从皎平渡下游洪门渡过江的三军团，都因这两个渡口水面太宽、水流太急，先后按照党中央的命令，分别集中到皎平渡过江。五军团在禄劝县境内的石板河一带，胜利完成阻击国民党追兵的任务之后，一天急行军百多里路程赶到皎平渡，也顺利地过了金沙江。中央领导同志以及红军总部和各军团的负责干部，也都是从皎平渡渡过金沙江的。毛泽东、周恩来、朱德过江后，就在厘金局北边的那排窑洞里开会、办公、住宿休整。

5月10日，大队人马过江后，红军付了船钱和船工工资，将6只大船销毁，只留下那只小船继续摆渡少数掉队的战士。红军出发前，还把船工们召集在一起开了个会。一位红军干部深情地对船工们说："感谢你们的支持和帮助！要不了几年，我们就会打回来，带领大家打土豪、斗地主、分田地闹翻身，过那种没有压迫、没有剥削的好日子了！"

（本文原载于1985年6月16日《人民日报》）

腾冲修复国殇墓园

中国为纪念国民党军队抗日阵亡将士而修建的腾冲国殇墓园，经过修复充实开放后，仅最近 3 年多时间，就有 8 万多海内外人士前来瞻仰凭吊。

丰碑伟冢　英名永垂

这个占地 1 万多平方米，建在云南腾冲县城西南来凤山下，叠水河畔小团坡周围的国殇墓园，风光秀丽，环境优美，确实是一方名副其实的风水宝地。

走进墓园大门，顺着古树掩映的通道前行两三百米，便是建筑布局呈品字形的三幢殿宇，东西两幢是展览馆，南面月台上仿中国古寺风格建成的忠烈祠，重檐斗拱，碑碣匾联，一派巍峨肃穆的气势。忠烈祠后边突兀耸立的小团坡，按当年参战部队序列划定的范围内，竖立着一排排、一行行，近 4000 名阵亡烈士的墓碑；坡顶上的"远征军第二十集团军克复腾冲阵亡将士纪念塔"，与迎风摇曳的青松交相辉映，巍巍然直上云端。

1944 年 5 月 11 日，国民党远征军第二十集团军，强渡怒江天堑，攀越险峻的高黎贡山，向侵占中国滇西战略要地腾冲县的日军发起全面攻击。将士们经过 4 个多月的浴血奋战，至 9 月 14 日收复县城为止，一共歼灭盘踞在全县各地的日军6000 多名，他们当中也有 9168 名师级以下官兵献出宝贵的生命，写下了中国抗战史上光辉的一页。腾冲战火熄灭后第二年夏天建成的国殇墓园，将在攻打县城 42 天血战中壮烈牺牲的 3940 名将士，分别立碑葬于园内的小团坡。

从 1985 年以来，腾冲县政府拨出巨额专款，抽调专业人员，前后花了 5 年时间，按原样逐步修复好在"文革"动乱中，遭到严重破坏的国殇墓园。现在，当人们来到这里瞻仰凭吊时，看着一片又一片的烈士墓碑，直插云霄的纪念塔，以及忠烈祠月台正中蒋介石题写的"碧血千秋"匾额，殿内圆柱上国民党其他将领撰书的"歼虏下名城，重振国威惊世界；闻鼙思袍泽，频挥热泪悼英灵"这样的一副副联语，谁能不产生无限的哀思和崇敬之情？

珍贵照片　再现历史

在腾冲国殇墓园展览馆的两个展室里，一张张再现当年国民党第二十集团军同日本侵略者作战情景的照片，也格外引人注目。

展览馆的工作人员谈起这些照片的来历，还给我们讲了这样一段有趣的故事。

腾冲县著名的侨乡和顺，有一位既行医又开相馆的老先生张月洲。1944 年 8 月底，攻打日军顽固困守的县城达到了寸土寸争，血与火交织的白热化程度。这时，第二十集团军把指挥部移到了距前沿阵地很近的和顺。一天，有个随军记者来到相馆里冲洗照片。当张月洲把照片洗印出来的时候，他看着一个个纪录战争场面的真实镜头，顿时产生了这样一个想法：等到这位记者走了，腾冲县还上哪里去找这些珍贵的照片？于是，他在记者来取照片之前，连夜翻拍了89张底片保留下来。

抗日战争胜利之后，这位随军记者不知去了何处，但他记录腾冲抗日的珍贵镜头，却永远留在这里，成了腾冲历史上一笔重要的精神财富。

张月洲去世之前，叮嘱他儿子张孝仲一定要将89张底片珍藏好。近年来，当人们用唯物史观来重新评价腾冲这段抗日岁月时，张孝仲欣然把这些底片献出，为修复后的国殇墓园设置展览馆奠定了基础。

墓园管理委员会又多方联系，陆续收集到一些揭露日军侵略腾冲的罪行，以及其他方面有关的照片或实物，逐步形成现在这个既有地方特色又较为系统的展览，为国殇墓园增添了令人难以忘怀的内涵。

苍天不老　此情难绝

到腾冲国殇墓园瞻仰凭吊者写下的17本留言，犹如一首首长长短短的诗篇，闪现着他们此时此刻激动的心情。其中一则简短的留言这样写道："问天何时老，此情怎能灭！"

腾冲国殇墓园成了牵动人心的感情纽带。最近3年到过这里的8万多人中，有本县的，有全国其他许多地方的，还有来自日本、美国和缅甸的。他们一脚踏进国殇墓园，流连忘返，怎么也舍不得离去，临走时还要买上各种有关资料，带回家里再细细翻阅。

腾冲县城关二小的何玛迪娜，是一个三年级的傈僳族女学生。前不久，老师领着他们班的同学来到国殇墓园，结合实际开展爱国主义的思想教育时，小迪娜工工整整地在留言簿上写下了这样一段话：

"看了墓园，看了展览，我的心情既气愤又激动。我要永远记住这段历史，现在努力学好本领，将来为祖国多贡献一点力量。"

1942 年 5 月初，日军从缅甸侵入中国怒江以西的领土之后，顾葆裕将军就率领他统辖的国民党军队预备第二师，来到腾冲境内开展过抗日游击战争。1944 年 5 月滇西战场开始全面反攻后，配属给二十集团军的预备第二师，又在收复腾冲的战役中立下了显赫战功。顾将军前些年在台湾病故前曾留下遗嘱："有朝一日一定要将我的骨灰送回腾冲国殇墓园，同我那些为国捐躯的部下埋在一起。"

前来腾冲县观光旅游的一些日本客人，他们一走进国殇墓园，有的连忙给中国烈士三跪九叩，有的频频鞠躬致敬。他们中的一些人，也会去到园内那座"倭冢"的前面，摆下从日本带来的祭品，掩面痛哭一场。

当年在中国军队攻打腾冲县城的最后阶段，成为少数日军俘虏中被释放回国的纠井武夫，1993 年 3 月下旬，专程来到这里"谢罪"。他在国殇墓园凭吊后，将两株特意从日本带来的名贵樱花栽在园内。纠井武夫怀着既内疚又激动的心情，道出这样的感慨："借用中国的一句古话来说，叫作温故

而知新。让日中两国之间的友谊，就像腾冲的山茶、日本的
樱花，开放出艳丽的奇葩吧。"

（本文原载于 1993 年 5 月 17 日《瞭望》周刊海外版）

游子报效祖国　功勋永垂青史

——追叙南洋华侨机工回国抗日史迹

风光秀丽的昆明西山公园，新近出现了一座引人注目的建筑物——"南洋华侨机工抗日纪念碑"。7月7日这天上午，云南省人民政府在这里隆重举行纪念碑落成剪彩仪式。前来参加剪彩仪式的除了几十位老机工以外，还有云南省委书记普朝柱、省长和志强，以及全国侨联副主席庄明理等人。他们面对这座矗立在苍松翠柏之间的纪念碑，忆起当年海外侨胞和南洋华侨机工强烈的爱国主义精神，激动的心情就像眼前西山下面的五百里滇池，掀起层层叠叠的波澜。

热血沸腾　请缨回国

七七事变之后，日本大举入侵中国。1938年武汉和广州相继沦陷后，中国沿海的对外交通口岸均被敌人占领或封锁，滇缅公路成了西南大后方唯一的国际通道。在这种严峻的形势下，强化滇缅、滇黔、滇川、黔桂、湘黔各线的公路运输，就显得特别重要。以陈嘉庚、庄西言、李清泉先生为首的南侨总会得知这一情况，便于1939年2月7日发出通告，招募华侨汽车司机、汽车修理技工（简称"南洋华侨机工"）回国为祖国的抗日战争服务。

通告很快在广大华侨青年中引起强烈反响，几天之内，仅新加坡、马来亚两地，就有大批汽车司机和汽车修理技工报名应征，请缨上前线。两地南侨分会经过严格考核，从中挑选出 80 名集中到新加坡启程回国。出征那天，当地华侨报纸特意出版欢送专刊，将他们赞誉为"八十英雄"。南侨总会也为此举行盛大的欢送仪式，爆竹声从上午一直响到下午开船。

"八十英雄"迅速启程回国，进一步激发了南洋广大华侨青年的爱国热情。

王文松是英国人在新加坡开办的汽车修理厂的工程师，当地民众沦为亡国奴受欺凌、被奴役的悲惨情景，在他心灵上打下了深深的烙印。"中国人不能当亡国奴！"他决心放弃理想的工作和美满的家庭，报名回国抗日，但英国老板哪里肯放他走？陈嘉庚先生多次登门找这位老板做工作，王文松这才得以实现自己的抱负，成为第二批机工中的一员，踏上北赴国难的征途。

林江海这位祖籍福建永春县的马来亚华侨青年司机，从报纸上得知祖国招募机工的消息，立即赶到森美兰南侨分会报名，但被祖母、母亲和叔父挡了回去。不久，林江海在一本画报上看到南京数十万同胞惨遭日本人杀害的悲惨情景，心中的怒火更像泼了一瓢油。于是，他改名为林广怀，又跑到森美兰南侨分会报了名。家人见劝阻无效，只好鼓励他回国后努力做好为抗日提供服务的工作。

从 1939 年 2 月至 9 月，仅仅半年时间，就有新加坡、马来亚、印度尼西亚、菲律宾、泰国等地的3193名南洋华侨机工，分9批经越南、缅甸、香港三条路线，回到祖国的西南大后方，为祖国的抗日战争贡献力量。

英勇抗战　可歌可泣

3193名南洋华侨机工，肩负着南洋800万侨胞的殷切期望回到祖国之后，迅速投入军需运输工作，把美苏等盟国和海外广大华侨支援中国抗日战争的大批军火及其他物资，从缅甸的腊戍经滇缅公路运往昆明，然后再从昆明转运到广西、湖南、贵州、四川等地的抗日前线。汽车修理技工除少数人跟车服务外，大多数分配到芒市、保山、下关、昆明、贵阳、重庆等地，迅速建起修理厂从事车辆保养、维修、改装的工作。

滇缅公路北起云南昆明，南至缅甸腊戍，全长1200多公里。在这条路上行车，路况险恶，食宿困难，还常常会受到疾病的困扰和日机的轰炸。尽管困难重重，机工们却觉得这正是报效祖国的好机会，再苦再累也不计较，甚至牺牲生命也无所畏惧。他们日夜驱车奔驰在千里滇缅公路上，没有干粮，就采摘野果充饥；没有地方睡觉，就在驾驶室里打个盹；日本飞机把澜沧江上和怒江上的功果桥、惠通桥炸断了，他们就用空汽油桶连起来搭成浮桥照样行车。

一位叫沈茂山的驾驶员曾经用这样的笔触，记述了当年的一番豪情壮志："由于敌机光顾，只能白天休息，晚上行车。开夜车虽然困难很大，但也乐在其中。每当夜幕将滇西的深山峡谷吞没时，成百上千辆汽车的车灯便会一齐亮起来，盘山公路上顿时形成一条长长的火龙，恰似给大山绕上一束闪光的飘带，壮观极了。为了观赏这夜色中的光环，体验一下祖国这不平静的夜晚，我们常常会在有临时停车线的地方停车休息片刻。大家看着山谷里金蛇狂舞般的火龙，禁不住鼓起掌来大喊大叫，什么苦啊累啊全都忘得一干二净。"

由于路况险象丛生，环境十分恶劣，不少南洋机工为了祖国的抗战，献出了他们宝贵的生命。

符气簪是位独生子，他在祖国的暨南大学毕业后，又回到新加坡一所中学任教。国难当头之际，他毅然离开年逾古稀的父亲以及妻子和三个儿女回国抗日。不幸的是，符气簪在滇缅公路上刚刚工作几个月，就在云南永平县境内的大山里翻车殉职了。老父亲得知噩耗，专程从新加坡赶到永平县参加儿子的追悼会。这位饱经沧桑的老华侨，在追悼会上声泪俱下，慷慨陈词："我一生漂泊海外，只有一子。天下兴亡，匹夫有责。气簪是在中华民族处于生死存亡的紧急关头，挺身而出为国家献身的，他死得其所，死得光荣！"

陈嘉庚先生十分关心这批机工，曾于1940年春夏之际回到祖国看望他们。陈先生了解到最后两批归国的机工没有汽车驾驶，不能迅速发挥作用这一情况后，回到南洋立即动员侨胞捐资，很快购买300辆汽车运来，这两批机工不久便组成了两支"华侨先锋运输队"。

从1939年到1942年5月初日军切断滇缅公路为止的3个年头里，南洋回国的千余名华侨汽车司机，为祖国的抗日战争运送了45万吨军用物资和大批抗日军人。在各个汽车修理厂工作的机工，除了及时抢修好出故障的车辆外，还由王文松两次率领部分机工奔赴缅甸仰光，以高超的技艺、惊人的速度，把美苏两国援助中国的上千辆汽车由部件组装成整车，火速运到国内投入使用。到抗日战争胜利结束，这3193名南洋华侨机工，共有900多人献出了他们宝贵的生命，长眠于祖国的怀抱之中。

壮丽诗篇　永垂青史

南洋华侨机工回国为抗日战争服务的壮举，在华侨爱国史上写下了可歌可泣的壮丽篇章。

可是，由于种种原因，这段光荣的历史却被湮没了数十年。直到1986年11月，新加坡中华总商会会长陈共存（陈嘉庚先生的亲侄子），由全国侨联副主席庄明理陪同来云南访问时，才利用这个机会向省委书记普朝柱提到了这段往事。陈共存还建议在昆明建一座纪念碑，以此来颂扬南洋华侨机工回国抗日的卓著功勋，激励海内外炎黄子孙传承这样的爱国主义精神。普朝柱十分赞赏这个高见，当即表示同意。

这之后，在庄老和陈先生的倡导下，云南省侨联组织专人向老机工和有关方面搜集资料，写出近20万字的《南洋机工归国抗日史》一书。福建华侨大学也抽出专人，为落籍国内目前还健在的百余位老机工，录制了资料片。

南洋华侨机工抗日纪念碑，适逢他们回国50周年之际在昆明西山公园建成。碑前的两层台阶均为7级，象征着"七七"抗战纪念日；碑身高9米，碑座高3米，象征着"九三"抗战胜利节；碑身正面上端，镌刻着一枚按原样放大制作而成的"南洋机工回国服务团纪念章";碑身上部两侧的两面红旗,象征着侨胞们的爱国主义精神和国际主义精神;碑文简要地叙述了机工们的卓著功勋。这座白色大理石纪念碑,雄伟壮观,前面是西山脚下烟波浩渺的五百里滇池,后面是郁郁葱葱的西山峰峦,气象令人肃然起敬,遐思万端。

专程从北京赶来参加纪念碑落成剪彩仪式、年事已届八旬高龄的庄明理,到达昆明后急办的第一件事情,就是要先去看看聚集在这里的几十位老机工。当他和他们见面时,打量着这些当年血气方刚的华侨青年,而今也成了七老八十的患难兄弟,激动得差点掉下泪来。庄明理当年是马来亚槟榔屿南侨分会的负责人,在祖国遭到日本侵略者铁蹄践踏的时候,他四处奔走呼号,亲自动员300多名华侨机工回国抗日。1940年他回到昆明后,又主动担负起为广大机工服务的重任,外与陈嘉庚联系,内跟国民党政府打交道,为广大机工解决了工作上和生活上的许多困难,彼此间结下深厚的情谊。现在,他们久别重逢,心情自然格外激动。

庄老在云南省人民政府为纪念碑落成剪彩的集会上慷慨陈词:"几十年来,我们伟大的祖国经历了许多风雨,我们每个当年从南洋回来的机工,也同样经历了许多风雨。但我们伟大的祖国,经过我们在风雨中的艰苦奋斗,终于一天天强大起来了。现在在新的历史条件下,我们海内外的炎黄子孙,要更好地发扬中华民族的爱国献身精神,为祖国的繁荣昌盛,为世界的发展进步,做出更大的贡献!"

（本文原载于1989年32期《瞭望》杂志海外版）

龙云与滇缅公路

抗战全面爆发之后，日本侵略者出于切断中国跟国际正义力量之间的联系，窒息国民党政府抵抗能力这一企图的考虑，很快封锁了中国沿海地区的对外通道。在这种形势下，云南动手抢修的滇缅公路，便成为应对这一危机的一大壮举。

龙云洞察抗战危局，向蒋介石
提出修筑滇缅公路的建议

1937 年 7 月 7 日，日军为全面侵华而策划的卢沟桥事变突然爆发，蒋介石在中国共产党抗日民族统一战线的推动下，于 8 月 10 日前后几天，在南京召开国防会议商讨如何抗战这个问题。当时，执掌云南军政大权的省主席龙云，也奉命前往南京出席这次会议。面对日本军国主义势力在九一八事变之后，仍旧虎视眈眈盯住中国的这一严峻局面，龙云在会议期间慷慨陈词，力主国家要早日做好准备，打好抗日战争这一仗。他还在会上表示，地处西南大后方的云南，将按照中央政府的要求，随时可以动员滇中子弟参军参战，而且很快就能组建一个军的人马开赴前线。

南京国防会议尚未结束，日军又集中大量兵力，于 8 月 13 日这天攻打上海这个我国的国际大都会，为期将近 3 个月的淞沪抗战就此拉开序幕。尽管形势如此危急，蒋介石还是在 8 月 15 日这天上午，抽空来到龙云下榻的宋子文私宅北极阁，对他做了一次礼节性的探访。两人落座寒暄一阵之后，蒋介石又向龙云征询对抗战还有什么样的"高见"。龙云首先谈了他对上海战事一起，不仅其他东部沿海地区可能会受到日军的威胁，甚至连香港、滇越铁路也可能会存在危险的看法，然后提出国家应当赶快动手修建滇缅公路，以及滇缅铁路这两条新的国际通道的建议。龙云还进一步做了这样的陈述：修建滇缅公路由云南负责，国家予以适当支持；修建滇缅铁路由中央负责，云南全力予以配合。蒋介石听了龙云的这些意见，顿时高兴起来连声说："好得很，好得很。我转告交通部跟铁道部，叫他们立即着手办理。"

出身于滇东北昭通县炎山农村彝族支系的龙云，1914 年在云南陆军讲武堂毕业之后，逐步成为滇军的一名重要将领，并于 1928 年在军阀混战中，取得了执掌省政府军政大权这样的资格。山高水险的云岭高原，当时只有一条由法国人出资修建，从越南海防直达昆明的滇越铁路，省政府为了进一步改变交通闭塞的状况，除了按照中央政府的要求，赶修京滇公路省内一段线路外，还做出修一条横贯滇西，跟缅甸境内现有公路、铁路连接起来的滇缅公路这样的规划。但由于省内财力有限，直到 1935 年，规划中的滇缅公路才修通昆明至大理下关这一段 411 公里的里程。

日军在上海开火不久，其大本营海军省便于 9 月 5 日下令全面封锁中国沿海地区的对外通道。形势急转直下，蒋介石赶忙把修建滇缅公路一事，首先提上日程。国民党政府交通部次长王芃生来到昆明之后，会同龙云以及省公路总局督办禄国藩、省公路总局局长杨文清、省公路总局总工程师段纬等人商议，很快将滇缅公路由下关经漾濞、永平、云龙、保山、龙陵、芒市至畹町这一段548公里的线路走向敲定下来。龙云还委派省政府经济委员会主任缪云台陪同王芃生，前往仰光拜会缅甸英国殖民当局，就滇缅公路西段线路由畹町出境后，跟缅甸境内通往腊戍的187公里现有公路相互衔接，以及昆明到腊戍、腊戍到仰光的公路或铁路，彼此之间开展联营业务的问题办好交涉。

云南省政府动员滇西各族民众上阵，很快修通滇缅公路

滇缅公路西段线路的走向一经敲定，云南省政府立即向滇西12个县以及5个设治局，发出"鸡毛夹火炭"的紧急通知，强令这些县和设治局一律停办不必要的公务，尽快做好自带工具、口粮、炊具、行李等方面的准备工作，务必于12月上旬由县长、设治局局长亲自挂帅，按指定人数将筑路队伍开赴各自承建的路段拉开施工序幕。省公路总局为了更好地指导施工，解决施工中碰到的各种难题，使在保山县城组建的总工程处，以及在沿线其他一些地方设立的6个工程分处，也很快运转起来。交通部除了承诺下拨320万元的专项经费，支持云南修建滇缅公路外，还很快派出几名筑路或建桥方面的专家，前来参与其事。

跟英法殖民地缅甸、越南毗邻的云南各族民众，也曾经

遭受过这两个帝国主义势力的欺凌，如今，面对日军接二连三向中国发动侵略战争的严峻形势，一经政府官员的宣传讲解，他们心中的怒火顿时燃烧起来。滇西各地组织的由十几万各族群众参加的施工队伍，怀着"后方多流汗，前方少流血"的心愿，纷纷奔赴各自承建的路段，在风吹、日晒、雨淋，甚至还有瘴气威胁的旷野里安营扎寨，动手抢修为支援国家抗日的滇缅公路。怒江西岸的龙陵县，山高谷深、地瘠民贫，12000户人家，60000万多人口，需要承担42公里的筑路任务，还真把县长王锡光给急坏了。可是有一天，当他来到潞江坝第八区负责修建的路段上督工时，却看到一番让他意外惊喜的场面。王锡光一打听才得知，潞江坝第八区傣族土司兼区长的线光天，为了支援修路，自告奋勇献出家里的千多箩积谷，作为全区修路民工的口粮。在线光天的带动下，区内其他几家富户也慷慨解囊，一共捐出2000块银元作为修路民工的伙食补贴。富户出粮出钱，穷人出工出力，潞江坝第八区修建滇缅公路的活动，便热热闹闹开展起来。王锡光从中受到启发，经过一番艰苦细致的动员工作之后，全县很快出现了施工修路的高潮。为此，他还作了一首《滇缅公路歌》来赞颂这种盛况。

滇缅公路西段线路穿越的横断山脉地区，不仅山高坡大路基难以开凿，而且还有澜沧江、怒江这两条波涛汹涌的滚滚天堑，也为在其江面上架设公路吊桥，增添了许多困难。按照线路走向在这两条江的江面上，架设吊桥的设计要求，施工单位赶忙派人前往缅甸仰光，在那里购买了35毫米粗、120米长的一盘盘钢索，并通过仰光至腊戍的铁路，腊戍至境内的公路运到芒市。当时，由于芒市到澜沧江边、怒江边的公路尚未修通，施工单位只好组织大批民工赶往芒市，将一盘又一盘 120 米长的粗大钢索，挽成彼此相连，中间横穿一根竹篾扁担的几十个圆圈，然后采取将数十人分为两人一组的方式，排列在每个圆圈的外侧左右，共同把竹篾扁担扛起来放在各自的肩上，抬起一条又一条特殊的"钢索长龙"，穿越山野间弯来拐去的几百里毛毛路，将它们逐步搬运到施工现场。尽管困难重重，但经过技术人员和广大民工的艰辛努力，到 1938 年的夏秋之际，终于在澜沧江和怒江的江面上，建成功果桥、惠通桥这两座能够通行载重卡车的大型钢索吊桥，为全线通车创造了有利条件。这之后，又由交通部桥梁设计处处长钱昌淦作总指挥，另行在澜沧江上修建了一座备用桥，为了纪念因建此桥而遭到日机轰炸献出生命的钱昌淦，交通部便将它命名为"昌淦桥"。

在此期间，铁道部也在滇西组建施工单位，不仅对滇缅铁路的线路走向进行了勘测设计，而且还修筑了部分路段的路基。但后来由于日军在东南亚挑起战火，兵锋直指缅甸这种情况的发生，滇缅铁路的兴建只好停工作罢。

1938 年 9 月，修建滇缅公路西段 548 公里的工程竣工之后，便形成由昆明到畹町、由畹町到缅甸腊戌，全长 1146 公里的这条为中国跟外部世界另行取得联系的大通道。

滇缅公路及时开通运营，为国家
坚持抗战做出重大的贡献

　　1938 年 9 月，滇缅公路刚刚建成通车，国民党政府军事委员会下属的西南运输处，便于当年 10 月从广州迁到昆明，正式从云南省政府手上接管了该路的运输业务。当时，正好苏联援助中国抗日的 6000 吨军火物资，由轮船从奥德萨绕行印度洋运到缅甸仰光港，西南运输处立即跟缅甸英国殖民当局办好手续，首先通过铁路把这批物资运到腊戍，然后再用自己的卡车运到昆明。这便是滇缅公路通车之后，运输国际援华军需物资的开始。

　　随着滇缅公路运输业务的日益增加，西南运输处深感缺少汽车司机和修理人员，便于 1938 年 12 月 29 日致电新加坡华侨头面人物陈嘉庚，请求由陈嘉庚领导的南洋华侨总会，帮助招募被简称为"机工"的汽车司机、汽车修理技工，回国来为滇缅公路提供服务。在南洋华侨总会的号召下，从 1939 年 2 月到当年 9 月，就有南洋各地的 3193 名机工，怀着"为抗日贡献力量，为祖国洗雪耻辱"的极大热忱，先后分 9 批经越南、缅甸来到昆明。这些海外赤子在西南运输处，经过短期为适应山地路况的驾驶技术，以及必要的军事常识培训之后，汽车司机分配到该处下属的 15 个运输大队跑车，修理技工则分配到该处设在昆明、下关、保山、芒市、腊戍，以及贵阳、重庆、柳州等地的汽车修理厂工作。

　　大批回国的南洋华侨汽车司机，很快成为西南运输处的骨干力量。在穿越崇山峻岭、大江大河的滇缅公路上跑车，面临着险象环生、食宿不便、瘴气威胁，甚至还会遭到日机轰炸的可能，但他们不辞千辛万苦、千难万险，即使献出生命也无所畏惧，不仅及时把美国援华抗日的武器、弹药、卡车、药品、医疗器械这些军需物资首先运到昆明，然后再由昆明转运到临近西南大后方的抗日战场，同时还把国民党政府出口换汇的云锡、钨砂、桐油、茶叶运到腊戍，然后再由缅甸铁路运到仰光港转口美国。南洋华侨机工回国的当年，西南运输处进口物资的货运量就达到107000多吨。

在此前后的一段时间里，由于我国东南沿海地区的对外通道逐步被日军封锁，以及日军进占越南北方之后，滇越铁路也很快被切断的这样一些缘故，因此，滇缅公路这条当时中国仅存的国际通道，又随即成为日军的眼中钉、肉中刺。1940年9月，刚刚进入越南首都河内的日军，便立马组建"滇缅公路封锁委员会"，不断派出大批战机前来轰炸功果桥、昌淦桥和惠通桥，妄图摧毁该路的这几处咽喉地带，彻底瘫痪中国这条国际大通道的运输业务。面对如此严峻的局面，维护功果桥、昌淦桥、惠通桥的桥工队，在三桥遭到日机轰炸之后，克服各种困难，甚至冒着生命危险，随即动手进行抢修，他们还利用大批空汽油桶扎成浮筏或浮桥，以便为各种货运卡车能够及时得以过江提供方便，创造了"炸不断的滇缅公路"这一奇迹。

截至1942年春天，日军侵占缅甸彻底切断滇缅公路之前的三四年时间里，该路运进的国际援华军需物资就多达49万吨。在国家处于遭受日军大举侵略的危急时刻，龙云提出并组织人力抢修而成的滇缅公路这条国际大通道，为国民党政府获取外援坚持抗战做出了重大贡献，在抗战史册上留下了浓墨重彩的一笔。

梁启超与护国运动

上个世纪初以云南为中心发生的护国运动，是中国近代史上的一件大事。这次运动，打倒了废弃民国、卖国求荣、复辟帝制的袁世凯，为捍卫以孙中山先生为首的革命先行者，在结束中国两千多年的封建统治而开创的民主共和制度做出了巨大贡献。当时曾参与过其事的大学者梁启超，在护国运动期间或护国运动结束之后，通过写文章、发表讲演或与记者谈话等各种方式，说了不少有悖于护国运动真实情况的言论，这就为后人如何正确认识或评价护国运动留下了许多谜团。本文笔者近年来通过查阅历史资料，对梁启超在护国运动中的所作所为，以及他的有关言论做了一番研究，因而产生了一些自己的看法。现将这方面的情况简要介绍于下，敬请方家指正。

一、发弨电催促蔡锷及云南军民匆忙
发起讨袁军事行动

1915 年 8 月，当杨度等人在北京成立筹安会，为民国总统袁世凯紧锣密鼓复辟帝制的行径制造舆论时，梁启超便在他的天津寓所同前云南都督、时任北洋政府经界局督办的蔡锷，以及前贵州巡按使、时任北洋政府参政院参政的戴戡等人，商讨过反对袁世凯复辟帝制的问题，并决定由蔡锷回昆明依靠具有革命思想的云南军民，首先在云南发起讨袁的军事行动。据北洋政府时期的《政府公报》第43册收录的资料表明，蔡锷是1915年11月中旬在向袁世凯请假并得到批准后到天津治病的情况下，由戴戡等人陪同于11月19日离开天津潜往日本，继而从日本经台湾和香港以及越南海防等地，于12月19日到达昆明的。

蔡锷出走日本之后不久，梁启超也离开天津于12月18日到了上海。当梁启超获悉蔡锷已经到达昆明的消息后，便前往南京，通过由冯国璋执掌大权的江苏督军行署，于12月20日给蔡锷发来谎称冯国璋已起兵讨袁，催促蔡锷和云南军民也要赶快揭竿而起的电报。梁启超的这个电报是这样行文的："宁已起兵，望公速发。"按当时用韵目代日标明发报日期的做法，20日的韵目为"哿"，所以梁启超把他的这个电报称作"哿电"。电报中的"宁"字，是南京别称的用语，这里用来指代冯国璋。当时坐镇南京的冯国璋是袁世凯的得力干将，尽管他对袁世凯复辟帝制的行径持有不同看法，但不论是当时还是在整个护国运动期间，他都没有起兵讨袁的迹象。

与梁启超、蔡锷等人在天津商议讨袁的同时，云南督军唐继尧以及云南军民，也正在采取或明或暗的方式酝酿反对袁世凯复辟帝制的计划。按照唐继尧及其僚属拟订的计划，先把滇军以剿匪的名义移到滇川交界的地方，待1916年元旦袁世凯正式登基做"洪宪皇帝"之后再来宣布对他进行讨伐。蔡锷是辛亥革命后云南的首任都督，他的到来对云南军民的反袁斗争无疑起到了推动和鼓舞的作用。当蔡锷收到梁启超 12 月 20 日由南京发来的电报之后，他和唐继尧等人便决定把起兵讨袁一事提前来进行，12 月 22 日晚间，39 名省内外军政要员聚义于昆明五华山光复楼督军行署礼堂，歃血盟誓，共商有关事宜，然后于次日以唐继尧、任可澄（云南巡按使）两人的名义，向袁世凯发去劝告他取消帝制、惩办杨度等帝制祸首，并要求"于二十五日上午十点钟以前赐答"的电报。但 25 日不见袁世凯有任何反应，于是于当日发出由唐继尧、任可澄、刘显世（贵州督军）、蔡锷、戴戡共同署名的讨袁通电，从而揭开了云南首义护国运动的序幕。

时隔不久，当梁启超发觉他的哿电可能会对云南起兵讨袁造成不利影响时，便在 1916 年 1 月 8 日给蔡锷的一封信中做了这样的检讨："吾今所首宜请罪于诸公者，则在前托宁代发之哿电。""二十一日尊电云，二十日内揭晓。其改早之故，想是因吾哿电，不审曾缘改早而生军事计划之支障否？果尔，则吾罪真未由自赎。"

云南揭开护国运动序幕之后，由蔡锷统领的护国第一军下辖的六个步兵团和一些炮兵部队，便陆续向川南进发开始北伐讨袁，但由于遭到北洋军的抗拒，除了唐继尧最先派出的两个团于 1916 年 1 月 21 日攻占宜宾外，其余部队均被堵在泸州外围长江以南的纳溪等地。3 月初宜宾、纳溪被北洋军收复后，蔡锷只好命令护国军后撤到大洲驿等地防守。因此，蔡锷在他 1916 年 3 月 31 日发给梁启超的一封电报里说了这样的话："此次出征，师行未能大畅，实因宣布过早，动员缓慢，出师计划未尽协宜，以致与京津所预想者竟相凿枘。"

二、抢先发表代云贵两省起草的讨袁电文初稿

蔡锷、戴戡 1915 年 12 月 19 日到达昆明的时候，带来了梁启超事先代云南、贵州起草的三篇讨袁电文初稿：《云南致北京警告电》《云南致北京最后通牒电》《云贵致各省通电》。是梁启超一厢情愿代云南和贵州起草了这样三篇讨袁电文初稿，还是云贵有关人士通过何种渠道托他这样做的，其历史依据现在都已无从查考。

蔡锷收到梁启超 12 月 20 日由南京发来的哿电之后，云南便正式把起兵讨袁一事提到日程上来，匆忙间将梁启超代为起草的前两文合并在一起，经过删节、补充和修改，并按照当时正规电文款式的要求加上必要的用语，形成了于 12 月 23 日以唐继尧、任可澄两人名义发出的《致袁世凯请取消帝制并严惩帝制祸首电》这篇电文。12 月 25 日云南发出的《为讨伐袁世凯背叛民国复辟帝制罪行致各省军政长官电》这篇电文，也是在梁启超代为起草的第三篇文稿的基础上，经过删节、补充和修改，并按照当时正规电文款式的要求，加上必要的用语之后而形成的。由于当时时兴用韵目代日来标明发报日期的做法，因 23 日的韵目为"漾"，25 日的韵目为"有"，所以云南这两通讨袁电文被分别称之为"漾电"和"有电"。

当年曾参加过云南首义讨袁几次会议的但懋辛，后来在他撰写的《护国军入川及四川招讨军司令部的成立》一文

中，还记述了当时与会人士争论要不要对梁文加以修改的一段小插曲："随后由戴戡将梁启超所拟的讨袁通电稿拿出来念了一遍，大家都说好，但认为目前情况与拟电时稍有不同，须略加修改。戴戡说任公（梁启超的别号）的文章，旁人何敢改动一字，须电请他自己改。有人说这不是改文义，而是人事变动，只改点名词，时间迫促，无须周折。李烈钧说，可以不必，在座的任可澄先生就是大笔手，请他改几个字，恐怕任公也不会不满吧？大家同意而罢。"现在将"漾电""有电"与梁启超代拟的三篇初稿相对照，当时改动的结果并不仅仅只是"改点名词"，"改几个字"，而是动了比较大的手术。

　护国运动初期云南发出的"漾"、"有"两电，由于遭到袁世凯北洋政府和其他省份的严密封锁，在很长一段时间里未被公之于世为众人知晓。当时昆明出版的《义声报》虽然刊登了"漾"、"有"两电，但由于云南闭塞和政治上的因素，该报发行范围极为有限，在全国几乎没有多大影响。当梁启超得知云南起兵讨袁的消息后，便将他代为草拟的《云南致北京警告电》《云南致北京最后通牒电》两文，在未标明发报日期的情况下，于12月26日抢先同时在上海出版的《时事新报》上刊登出来，接着又于12月28日以同样的手法，将他代为草拟的《云贵致各省通电》一文在《时事新报》上加以发表。护国运动刚刚结束的1916年秋天，梁启超在编辑出版他的《盾鼻集》一书时，尽管在上述三文的题目下分别冠上个"代"字这样的名分，但仍将这三篇电文初稿原封不动地编入该书，让其在全国广为流传。这就使后来研究护国运动的史学家和关注这段历史的人们，弄不清到底哪才是真正的云南首义讨袁的电文，有的人甚至干脆把梁启超代拟的电文初稿，当成云南首义讨袁的电文来加以引用，并由此得出梁启超"策划和领导了讨袁护国战争"这样的结论。

三、贬低唐继尧为自己和蔡锷开脱责任

云南在酝酿护国讨袁之际，时任云南督军的唐继尧认为，蔡锷过去曾经是他的上级，现在远道而来，身体又不大好，因而力主由他带兵出征，让蔡锷坐镇后方统筹一切；蔡锷为了避免"占位置"之嫌，则主张由他带兵上前线去打仗。最后按照与会各军政要员的意见，唐继尧留守，蔡锷作为云南护国第一军总司令，统率大部分滇军经四川北伐讨袁。

当时，云南组建有八个步兵团、一个炮团和两个警卫团，总计不到两万兵力的正规部队。起义之后，唐继尧除了把事先已经出发的步兵第一团、第七团划归护国第一军建制外，还把步兵第二团、第八团和新组建的步兵第九团、第十团，以及大部分炮兵部队也划归第一军建制。护国军兴，云南将团的建制改为支队，将旅的建制改为梯团，所以护国第一军由六个支队、三个梯团组成（每个梯团下辖两个支队）。为了支援贵州北伐讨袁，滇军第四团开赴黔北松坎地区，其余三个步兵团和两个警卫团，则分别编入由李烈钧任总司令、向两广出兵的护国第二军，以及由唐继尧兼任总司令、负责保卫云南后方的护国第三军。

　　在梁启超哿电的催促下，云南匆忙起兵讨袁，这就给部队的调动和军需物资的准备，造成了一时难以应付的种种困难。比如，滇军步兵第二团是1916年1月10日才从昆明出发的，由朱德任团长新组建的滇军第十团，则是到了1916年的1月18日才从昆明出发的。蔡锷本人，也是到了1916年的1月16日，才离开昆明赶赴前线去行使指挥大权。1915年12月25日云南宣布起兵讨袁之后，袁世凯很快调动北洋三师、六师、七师、八师，以及广东陆军第一师和其他一些地方部队开赴前线，分别从四川、贵州、广西三个方向形成包抄云南的态势。因此，当1916年2月上旬蔡锷跟随云南护国第一军的另外几个支队赶到川南纳溪，与刘存厚率领的四川护国军汇合向泸州发动攻击时，北洋军和部分拥袁川军已基本上在泸州布下坚固的防线。这之后护国军与敌军各有胜负的战事，在长江以南的纳溪等地成胶着状态持续了一段时间。1916年3月22日，袁世凯在护国军和其他进步力量的反对声中宣布取消帝制，蔡锷于是派人前往泸州同北洋军第七师师长张敬尧商定，从3月31日起彼此停战一周，继而双方的停战一直延续到6月6日袁世凯病故。

　　蔡锷率领的云南护国第一军在川南作战失利，其原因是多方面的，但梁启超从南京发来哿电催促蔡锷及云南军民匆忙起义，则是其中的重要原因。可是，梁启超却把这方面的责任，全都推到唐继尧的身上。1922年12月25日他在南京学界作《护国之役回顾谈》的讲演时，就闪烁其词说了这样一段影射唐继尧的话："我们这几个月的计划，本来预定举义后半个月，我们的兵便到重庆，料定袁世凯调将遣兵，抢不

过我们的先着。但起义后有许多意外的障碍——我现时也不
忍多说，总之因为这种障碍，弄到蔡公要从大理府一带调兵，
耽搁了十来天的日子。而且好的兵都留在省城，蔡公所能带
到前敌的只是二等以下的兵，二等以下的军械。"1926年梁
启超在为蔡锷编辑出版《松坡军中墨迹》一书时，又在编入
该书的一纸所谓《泸州会议兵数计划稿》这样一个材料上，
做了这样一段签注："此一纸非函非电，乃最初由滇出军时所
编梯团之分配单。偶藏杂其他纸堆中未散失者，辄附印于此。
此即致余书中所谓第一梯团、第二梯团也。滇中所拨予松公
之兵止此。以三千一百三十人当大敌十余万，志决身殒军务
劳，悲夫。"

　　护国运动期间，梁启超并未到过云南，虽然他通过蔡锷、
唐继尧等人写去的信函或拍发的电报，略知云南起兵讨袁的
一些概况，但许多事理他是不知底细的，上述两段引语表述
的内容就跟实际情况相距甚远。当时，云南的兵权掌握在唐
继尧手上，恐怕蔡锷也不便避开唐继尧就往大理府一带去调
兵，况且当时驻大理的滇军第四团，后来并不是编入护国第
一军序列的一支部队。据蔡锷当时的副官邹若衡和其他一些
当事人后来回忆："蔡锷统率的第一军总司令部所属部队共三
个梯团"，"人数总计不到一万人"，这支部队使用的枪支大
多数是从德国或日本进口的新式武器，而且还配备有大炮和
机关枪，并不是像梁启超说的是一支由"二等以下的兵，二
等以下的军械"组建起来的不成体统的护国军部队。另据蔡
锷当时的随员石陶钧后来撰文介绍，梁启超所谓《泸州会议
兵数计划稿》这个材料，实际上是1916年3月上旬护国军从

纳溪等地败退到大洲驿之后，蔡锷在 3 月 12 日召开的一次作战会议上所做的记录。当时，云南护国第一军在川南作战一月有余，人员已经有很大伤亡，何况这时又被北洋军打得五零四散，蔡锷笔下的这个记录恐怕也不周全。至于梁启超干脆把这个材料里统计的"三千一百三十人"，当作蔡锷从昆明带出去的所有滇军的兵力总数，那更是出于他中伤唐继尧掣肘蔡锷出兵讨袁这种用意的一派胡言乱语。梁启超一面把蔡锷统领的云南护国第一军的兵力尽量往少里说，一面又极力夸大当时在泸州一带的敌军的兵力。据有关资料提供的情况表明，护国战争期间在泸州一带防堵护国军的北洋军及部分拥袁川军，充其量也只不过是三四万人，根本不存在"大敌十余万"这种情况。

四、把广西起兵讨袁的功劳全揽到自己身上

云南于 1915 年 12 月 25 日揭开护国运动序幕之后，尽管贵州于 1916 年 1 月 27 日才正式响应，广西到了 1916 年 3 月 15 日才宣布起兵讨袁，但从此云南、贵州、广西连成一片，壮大了护国运动的声威。

梁启超与广西起兵讨袁的关系，按照他自己的说法，一是他于 1916 年 1 月 25 日给未曾见过面的广西督军陆荣廷写了一封约 3000 字（实际不到 2000 字）的长信，力劝陆荣廷权衡利弊得失，继云南之后早树义旗；二是他于这年的 2 月下旬应陆荣廷代表陈协五、唐伯珊之约，于 3 月初与汤觉顿、吴柳隅等一行 7 人，从上海经香港等地前来广西襄助义举。

对于广西起义反对袁世凯复辟帝制一事，梁启超在他1916年3月17日写的《从军日记》（即记述他从上海前往广西的过程中，由沪至越北帽溪山庄这段经历的作品），以及护国运动结束之后他撰著的《国体战争躬历谈》和讲演稿《护国之役回顾谈》这三篇文章中，都抓住要害作了概略的交代。在《从军日记》一文中他是这样写的："二月十九日，吴柳隅介见一客曰陈协五（祖虞），自言奉干卿（陆荣廷的表字）命相招。且曰：'我朝至，桂夕发矣。'"在《国体战争躬历谈》一文中他这样写道："至今年二月下旬，陆君遣人来迎余入广西，谓俟余至，乃宣布独立，余闻令即行。"1922年12月25日在向南京学界作《护国之役回顾谈》这一讲演时，梁启超又这样说："到三月中旬，陆君忽然派一军官姓唐的带着他的亲笔信来找我，要我到广西去他才独立。我早上到，他晚上发表；晚上到，他早上发表。"梁启超这里所说的"发表"，即发表宣布起兵讨袁的通电。由此看出，梁启超把他对于广西起兵讨袁的身价说得再明白不过的了，似乎离开他梁启超，广西起兵讨袁的事情就搞不起来。

应陆荣廷之约，梁启超于1916年3月4日带领汤觉顿、黄孟曦、蓝志先、黄溯初、吴柳隅、唐伯珊乘日轮离开上海，3月7日他们到达香港后，面对袁世凯密探的监视、办理护照也相当困难这种情况，只好分散行动。于是，汤觉顿带上梁启超把他的名字列于陆荣廷之后而起草的《广西致北京最后通牒电》《广西致各省通电》两文，同唐伯珊一起乘船经广州前往广西梧州、南宁；梁启超和黄溯初藏匿于一日本人运煤的轮船舱内，由香港前往越南海防；黄孟曦、蓝志先、吴柳隅继续留在香港待机行事。3月16日梁启超、黄溯初到达海防后，黄溯初按原计划乘坐滇越铁路火车来昆明，梁启超则由海防转移到越北帽溪山庄一日本人开办的牧场里住了10来天，然后经镇南关（今友谊关）进入广西，于4月4日到达南宁。

广西有如"十月怀胎"经过较长时间准备而起兵讨袁的行动，除了它自身的因素外，还与各方面反袁人士的大力促进有关。1915年冬天，正当各种进步力量酝酿讨伐袁世凯复辟帝制罪行的紧要关头，黄兴就从海外致信陆荣廷，动员他"早兴讨袁之师"；中华革命党方面还专门从香港派遣钮永建、林虎冒险潜入南宁，间接向陆荣廷转述了兴师讨袁的种种信息。1916年2月中旬，陆荣廷也派他的亲信曾彦来到昆明，跟唐继尧讨论过广西起兵讨袁的事宜。但陆荣廷的行动，也受到了袁世凯的钳制。云南起义之后，袁世凯除了调集北洋三师、六师、七师、八师等部，组成由四川、贵州两个方向包抄云南的一二两路人马外，还于1916年1月23日任命陆荣廷的滇籍亲家公、广东陆军第一师师长龙觐光为"云南宣抚使"（继后又于2月8日改为"云南查办使"），让龙觐光率领4000广东部队并携带大批武器、军服进入广西，然后在广西境内招兵扩军，组成近万兵力包抄云南的第三路人马。1916年2月底3月初，当李烈钧率领的云南护国第二军进至滇东南和桂西地区时，陆荣廷这才命令他的部队和云南护国军一起解决了龙觐光设在百色的征滇指挥部。与此同时，陆荣廷利用袁世凯任命他为"贵州宣抚使"的这一机会，摆出讨黔的架势，于3月11日由南宁带兵前往柳州，并于3月15

日在柳州向全国发出讨袁通电。陆荣廷还另发电报，将该电全文分别向云南的唐继尧、贵州的刘显世以及滇黔护国军各司令做了通报。3 月 15 日，广西第一师师长陈炳焜、第二师师长谭浩明、桂平镇守使莫荣新及全体军民，也在南宁向全国发出了宣布起兵讨袁、拥戴陆荣廷为广西护国军都督的通电。广西的这两通讨袁通电，都是用表示（3 月）15 日的"咸"这个韵目来标明发报日期的，所以当时被人们称之为"两咸电"。

陆荣廷以及陈炳焜等人分别在柳州、南宁于 1916 年 3 月 15 日发出的讨袁通电，当时昆明出版的《义声报》就曾经刊载过，1984 年中华书局出版的《护国运动资料选编》、1985 年文史资料出版社出版的《护国讨袁亲历记》、1991 年江苏古籍出版社出版的《中华民国史档案资料汇编》这三种典籍，也都分别一一加以录入。细观见之于上述报纸、典籍的广西起兵讨袁的两通电文，其风格及行文用语跟梁启超在香港交给汤觉顿带往南宁的《广西致北京最后通牒电》《广西致各省通电》这两篇文稿中的任何一篇都全然不同。据广西有关人士回忆，陆荣廷以及陈炳焜等人的讨袁通电，分别是他们各自的秘书起草的。可是，当广西宣布起兵讨袁之后的 3 月 20 日和 21 日，上海出版的《时事新报》，在没有标明发报日期的情况下，抢先依次发表了梁启超起草的两篇广西讨袁电文。1916 年 9 月，梁启超在编辑出版他的《盾鼻集》一书时，不再像收录他为云贵起草的三篇电文那样，分别在每篇文章的标题下加上个"代"字，而是以主事人的身份直截了当地将这两篇文章编入该书。

1993 年人民出版社出版的《梁启超》一书，其作者在谈到梁启超跟广西兴师讨袁的关系时这样写道："早在梁启超抵海防前的 14 日，汤觉顿一行已抵达南宁，谒见了陆荣廷。陆得知梁启超已在赴桂途中，遂于 3 月 15 日发出了由梁代拟的广西独立通电。"陆荣廷已在 3 月 11 日由南宁去了柳州，汤觉顿一行还哪里能在南宁"谒见"陆荣廷呢？陆荣廷的家乡广西武鸣县政府和县政协，曾于 1995 年邀集区内外百余名学者，举办过一次陆荣廷学术研讨的活动，并将部分论文结集为《陆荣廷新论》一书出版问世。可是与会学者仍把梁启超起草的两篇文章当作广西起兵讨袁的电文加以大吹特吹，而对体现陆荣廷自身在护国运动中一大亮点的那份广西真正的讨袁通电却只字不提，这就更加令人百思不得其解。

五、《异哉所谓国体问题者》
一文并非"讨袁序曲"

梁启超的《异哉所谓国体问题者》一文，写于 1915 年秋天，并刊载于当年 8 月 22 日上海出版的《大中华》杂志第 8 期。对于此文，梁启超在护国运动结束后撰著的《国体战争躬历谈》一稿中说了这样一段话："筹安会发起后一星期，余乃著一文，题曰《异哉所谓国体问题者》。其时亦不敢望此文之发生效力，不过因举国正气销亡，对于此大事无一人敢发正论，则人心将死尽，故不顾利害死生，为全国人代宣其心中所欲言之隐耳。当吾文草成，尚未发印，袁氏已有所闻，托人贿我以二十万元，令勿印行，余婉谢之，且将该文录寄袁氏。"1922 年 12 月 25 日在向南京学界作《护国之役回顾谈》这一讲演时，他又说了这样一段话："袁世凯总算一位有眼力的人，他看定了当时最难缠最可怕的，就是我和蔡公师弟两个。当我那文章还没有发表以前，有一天他打发人送了十万块钱一张票子和几件礼物来，说是送给我们老太爷的寿礼。他太看人不起了，以为什么人都是拿臭铜钱买得来，我当时大怒，几乎当面就向来人发作。后来一想，我们还要做实事，只好忍着气婉辞谢却，把十万块钱璧回，别的礼物收他两件，同时即把那篇作成未印的稿子给来人看，请他告诉袁世凯采纳我的忠告，那人便垂头丧气去了。"大概由于当时梁启超这么一吹，所以最近一些年来不少史家对该文的出现做出"犹如金鸡一鸣，给帝制派当头一棒"，"成为护国讨袁斗争嘹亮的序曲"，"标志着梁启超公然亮出了反袁的旗帜，公开走上了反袁的道路"这样一些评价。本文笔者则认为，这是一篇以反对帝制派主张变更国体的某些行径做幌子，实为鼓吹梁启超主张让篡夺了民国政府大权的袁世凯在现行国体，即共和制的基础上继续巩固其统治地位，以便等待时机和条件成熟之后再来复辟帝制这样一种宗旨的文章。

该文在反驳帝制派认为"共和绝不能立宪，惟君主始能立宪"这一论点时，这样写道"我欲问论者：以将来理想上之君主为何人，更质言之，则其人为今大总统耶？抑于今大总统以外而别熏丹穴以求得之耶？如曰别求得其人也，则将置今大总统于何地？大总统尽瘁国事既久，苟自为计者，岂不愿速释此重负，颐养林泉。试问：我全国国民能否容大总统以自逸？然则将使大总统在虚君之下而组织责任内阁耶？

就令大总统以国为重，肯降心相就，而以全国托命之身当议会责任之冲，其危险又当何若？是故，于今大总统以外别求得君主而谓君主立宪即可实现，其说不能成立也"。

该文在反驳主张变更国体的人担心如果继续实行共和制，则在"选举总统时易生变乱"这一论点时，又这样写道："今幸也，兹事既已得有比较的补救良法。盖新颁之大总统选举法，事实上已成为终身总统制，则今大总统健在之日，此种危险问题自未由发生，所忧者乃在今大总统千秋万岁后事耳。""吾以为若天佑中国，今大总统能更为我国尽瘁至十年以外，而于其间整饬纪纲，培养元气，固结人心，消除隐患，自兹以往，君主可也，共和亦可也。若昊天不吊，今大总统创业未半，而遽夺诸国民之手，则中国惟有糜烂而已，虽百变其国体，夫安有幸？是故，将来中国乱与不乱，全视乎今大总统之寿命，与其御宇期内之所设施，而国体无论为君主为共和，其结果殊无择也。"

细读《异哉所谓国体问题者》一文，尽管梁启超在自相矛盾的狡辩中极力摆出捍卫共和国体的架势，振振有词说了类似"国体本无绝对之美，而惟以已成之事实为其成立存在之根原"；"孰谓共和利害不宜商榷，然商榷自有其时，当辛亥革命初起，其最宜商榷之时也，过此以往，则殆非复可以商榷之时也"这样一些豪言壮语，但他内心深处隐藏着的仍然是敌视共和、希望恢复帝制这种意识。当他处于"既深感共和国体难以图存，又深感君主国体难以规复"这样一种绝望心境时，便把复辟帝制的理想寄托在袁世凯身上。于是他这样写道："是故，吾数年来独居深念亦私谓，中国若能复返于帝政，庶易以图存而致强。而欲帝政之出现，惟有二途。其一，则今大总统内治修明之后，百废具兴，家给人足，整军经武，尝胆卧薪，遇有机缘，对外一战而霸，功德巍巍，亿兆敦迫，受兹大宝，传诸无穷。其二，则经第二次大乱之后，全国鼎沸，群雄据割，剪灭之余，乃定于一。夫使出于第二途耶，则吾侪何必作此祝祷，果其有此，中国之民无孑遗矣。而戡定之者，是否为我族类，益不可知，是等于亡而已。独至第一途，则今正以大有为之人居可有为之势，稍假岁月，可冀旋至而立有效，中国前途一线之希望，岂不在是耶！"

　　本文写到这里，笔者心里不禁产生这样一个疑问：我这样来看待梁启超《异哉所谓国体问题者》这篇大作对吗？

　　（本文原载于2010年第4期《炎黄春秋》）

有关张文光事件的两通电文

关于辛亥腾越起义领导人张文光的死事，近年来云南出版的某些史书、方志以及一些报纸、刊物，在涉及这个问题时，都做了类似"被唐继尧派人杀害"这样明确的表述。现将笔者前几年无意间查阅到的有关张文光之死的两通电文抄录于下，以便供关注这桩历史公案的人们参考。

第一通电文是 1914 年 1 月 10 日迤西镇守使谢汝翼由大理直接发往北京的，现存于南京中国第二历史档案馆，全宗号为"一○一一"，卷号为"849"，标题为《云南迤西镇守使谢汝翼镇压哥老会首领张文光具报电文》。全文如下：

"北京大总统、国务院、参陆两部钧鉴：哥老会首领张文光，经第五团副团长施继伯派兵在腾属之硫磺塘缉获，于庚日明正典刑，大快人心。腾永安谧如常，乞纾廑念。滇迤西镇守使谢汝翼叩。卦。印。"

这通电文所称之大总统，指当时的民国政府总统袁世凯。参陆两部，为参谋总部和陆军部合用的省称。钧鉴，跟下一通电文中的"鉴"同义，均为旧时请对方看电文或信函的敬词，只不过对上级或尊长者常用"钧鉴"，对同级则多用"鉴"。哥老会首领，这是对张文光的诬陷之词。张文光，字

绍三（也作"少三"），腾冲县人氏，同盟会会员。1911 年
10 月在武昌辛亥革命浪潮的影响下，张文光于 27 日（农历
九月初六）在腾冲发动武装起义，推翻清王朝在当地的封建
统治，比昆明的"重九起义"早三天建立了云南第一个革命
政权——滇西军都督府。庚日，按韵目代日的做法，指代
（1914 年 1 月）8 日。明正典刑，意为依照法律公开处决，实
际上是暗中杀害。腾永，为腾冲、永昌（即保山）两地合用
的省称。谢汝翼，字幼臣，原为滇军二师师长，1913 年 9 月
下旬原云南都督蔡锷离滇赴京之际，袁世凯于 10 月 4 日发布
命令，将他改派为迤西镇守使。叩，为旧时一种礼节，书面
用语如叩拜、叩见、叩谒等。卦，按韵目代日的做法，指代
（1914 年 1 月）10 日，也就是谢汝翼向袁世凯政府拍发这通
电文的具体日期。印，这是当时电文末尾的行文用语，表示
所发电文已盖上发报者的印章，其内容真实可信。

　　第二通电文是 1916 年 9 月 9 日，李根源由广东肇庆发给
腾冲县知事端木垚转交张文光家属的，刊载于当年 9 月 30 日
昆明出版的《义声日报》第三版。全文如下：

　　"急。云南腾越端木县知事转张少三中将家属鉴：源于上
月号日致滇唐督军电，文曰：云南唐督军鉴：源里人张文光
于上年杨春魁占据榆城确未与谋，只以仇家构陷，而幼臣在
榆，亦复不查始末，无辜受戮，心实恻然。然旋闻我公灼知
其冤，欲为湔白，因其时无法挽回，且在袁氏禁网之下，平
反易涉嫌凝，此中难言之隐，为滇人所共见，亦根源深悉者
也。方今共和再造，党禁大开，前之海外逋亡、狱中累系者，

皆得重归祖国，恢复自由，实拜我公首义之赐。仁声义闻，岂独宏被四表，抑且下灼三泉。张君家本赤贫，身后母老子幼，无以为生，倘荷我公特沛仁施，量予抚恤，则湛恩汪濊，洞幽烛明，生者获免于饥寒，死者亦衔恩于地下矣。如何之处，仍候衡裁。李根源叩，号印等语，拍发去讫。顷接唐督军复电开：肇庆李印泉先生鉴：号电悉。查张君文光前在榆乱案内，经谢前使汝翼列状呈报中央有案，惟重以遵嘱，自应追恤前劳，通融办理。查照中将因公殒命例，给予一次恤金六百元，以赡遗族。请转饬具领。特复。唐继尧叩，微印等因，特为转达，准给恤金，希即具文呈由腾冲县转详请领。少三死事，深堪痛悼，唐督军特予湔雪，援例给恤，尤为恩义兼尽，少三虽死，亦可无憾。已代电申谢，并告。李根源。青。印。"

李根源这通兼顾文言形式和当时公文写作程式而写成的电文，现在读起来略微有些困难。其中提到的腾越，为腾冲旧时的称谓。县知事，即县长。源，为李根源名字的略用形式。号日，按韵目代日的做法，指代（1916 年 8 月）20 日。里人，即乡人之意，因李根源也是腾冲籍人氏。上年，这里指前几年（即 1913 年）。杨春魁占据榆城，指 1913 年 12 月 8 日杨春魁发动武装起义占领大理县城一事。榆，大理县城旧时的别称。幼臣，即谢汝翼，幼臣是他的字。肇庆，1916 年夏天护国运动结束之后，李根源仍在那里处理护国军军务院的收尾工作。印泉，李根源的字。唐继尧复李根源以及李根源致腾冲县知事转交张文光家属的电文中，表示发报日期的韵目"微"、"青"二字，分别指代（1916 年 9 月）5 日和 9 日这两天。

　　最后，我还想说一点与此有关的情况。唐继尧是 1913 年 11 月 22 日由贵阳回到昆明，11 月 27 日接受印信开始履行云南都督这一职务的。他到任后 10 来天，12 月 8 日大理便发生了"杨春魁武装起义"这一事变。

　　（本文原载于 2014 年 6 月 1 日《云南日报》"文史哲"版）

黑龙江分社片段

1970 年至 1979 年在黑龙江分社工作的近 10 个年头里，无论是在采访过程中接触到的北大荒，还是在与分社的同志共事的过程中，都给我留下了许多难于忘怀的记忆。这里记述的几个片段，便是这段经历中的几朵小小的浪花。

自告奋勇到黑龙江分社工作

1969 年 12 月，新华总社军管小组召集团内分社的工作人员举办学习班，对各分社的部分工作人员做了一次相互之间的调动调整。当时，我虽然不是被调动调整的人员，但当我听到某分社的一位记者因为年龄大的缘故，不愿意前往需要他的黑龙江分社这一情况时，便自告奋勇报名，乐于做一名这样的顶替者。于是，军管小组很快批准了我的这一请求。

我是一个地地道道的云南人，从气候较为暖和的云南，前往冬日里冰天雪地的黑龙江工作，难免引起一些同志对我的关心。有的同志甚至还这样对我说，黑龙江的冬天常常冷到零下三四十度，外出解小便还得提上一根木头棒棒，才能防备小便解不完就结成冰棍这种困难，你去那里能够适应得了吗？

为了支持我到黑龙江分社工作，我在昆明铁路局当乘警的一位表哥，将他的一条棉裤送给我。从云南分社前往黑龙江分社途经北京时，又自己花钱买了件蓝布面子的棉大衣。按调令要求，在 1970 年 1 月 15 日之前到达哈尔滨的第二天，分社办公室主任王福才同志，领我去道外大街一家商场购买捂耳帽和大头鞋的时候，顺眼看去，行走在堆满积雪或积雪被碾压成冰层的街面上，尽是些头戴羊剪绒或狗皮捂耳帽，以及头上和脖颈之间围一条毛线织成的长围脖，浑身棉包棉裹，脚上穿的全是大头鞋或毡疙瘩的男人和女人，这才使我感觉到黑龙江的冬天，跟常常是艳阳高照、暖洋洋的云南，确实存在着天壤之别的气候差异，但心底里也同时冒出这样一个想法：人生能够有这样一个走南闯北的机会，也是一桩幸事。

采访途中遭遇"大烟泡"

"文革"期间，黑龙江省共计安置了北京、上海、天津、杭州和本省的上百万知识青年。对于这些远离城市、远离父母的年轻娃娃，分社抱着一种既同情又崇敬的态度，对他们当中涌现出来的先进人物，曾经做过大量的宣传报道。1975 年春天，我得到军川农场上海知青顾雪妹一人一年育成千头肥猪的线索后，便兴致勃勃地踏上远去军川农场采访顾雪妹的行程。

军川农场建在黑龙江边的萝北县境内。我先乘火车到鹤岗，在那里住了一宿，然后换乘长途客车去军川。早晨，当客车从鹤岗开出的时候，太阳偶尔从半阴半晴的云层里露出脸来，公路两侧无边的雪原显得格外明亮耀眼。可是车子往前走了一阵之后，突然间风起云涌，鹅毛似的雪片伴随着呼啸的狂风从云层里倾泻下来，从透过背风一边的车窗看出去，荒原上到处翻腾滚动的全是一嘟噜一嘟噜的白烟。驾驶员前面的挡风玻璃被凝固的雪片封住了，他只好把车子停下，乘客们议论纷纷，如果被"大烟泡"误在这前不着村后不着店的地方，那就糟了！

黑龙江人都把突如其来的暴风雪称之为"大烟泡"。还好，我去军川农场途中碰到的这场"大烟泡"，只威风了半个多小时。风停雪止，驾驶员把背风一面的车门打开，乘客们下车一看，嘿，车子前面堆满了齐腰深的积雪，迎风一侧的车厢也被积雪把大半截身子捂得严严实实的，但光滑的路面上却没有多少积雪。大伙按照驾驶员的吩咐，不顾寒气的侵袭，费了好大劲才把积雪搬开，让客车重新开动起来。

到了军川农场的第二天上午，我就请宣传科的同志领着我去采访顾雪妹。在养猪场找到小顾时，只见这个身材瘦弱、个拔高挑的上海姑娘，正在一车接一车把用碾细的豆饼跟苞米面配制而成的饲料推来，均匀地铺撒在有砖墙围栏的一块几十个平方米面积的水泥地上。小顾铺好饲料打开圈门，顷刻间五百来头个拔差不多大小的白毛猪，便像奔腾的流水那样通过圈门外的一段走廊，涌进饲料场上的各个角落觅食，刹那间，眼前仿佛呈现出一片美丽神奇的彩云，其情其景，实在令人赞叹。顾雪妹采取饲料由熟喂到生喂的办法，不仅简便省事，而且还能促使猪崽快速坐膘，半年时间就能出栏一茬肥猪。这次采访写成的一篇通讯，总社有关部门把它改编成内参稿发出，李先念同志看后还做了批示。不久后《人民日报》又将它变成公开报道，在头版上加以刊载。当年秋天，先念同志到黑龙江省考察工作，在友谊农场接见顾雪妹时，对她说了这样意味深长的话："如果我们多有一些像你这样的养猪能手，全国人民吃肉的问题，恐怕就会好办得多了！"

海拉尔死里逃生

当时由于形势的需要，内蒙古自治区的呼伦贝尔盟暂时划归黑龙江省管辖。1974年冬天，听说呼盟正在开展"草原学大寨"的活动，我便和分社的另一名记者张广远同志结伴而行，到那里去采访。

广远我两个到海拉尔市不几天就碰上星期日。那天早上，我俩从海拉尔宾馆出来，走到海拉尔河大堤上一看，河对岸不知出了什么事，一伙人围在大桥下面吵闹得没完没了，便决定到那里去看看。这时河面上早已冰冻三尺，我俩不想绕道往桥上走，就直接从冰面上通过。可是，往前走出不远，在前边打头的我突然踩破冰层，一下子掉到冰窟窿里。这之前我到呼盟分区采访一位军医为牧民治病的事迹时，曾经听说过分区一位领导干部带着两名干事开上吉普车，顺着额尔古纳河的冰面上行车察看边境情况，结果碰上人们打冻鱼凿开不久的"网眼"，吉普车一头钻进冰层下的水里，车上人员无一生还的不幸事故。由于有这个"前车之鉴"，所以我在踩破冰层落水的那一瞬间，急忙伸开双臂撑住身旁的冰面，这才使整个身体没有全部落入冰层下面。

这突然发生的险情，把广远急坏了，他想上前来救我，但我生怕连累着他，叫他往后退。广远于是解下围脖将一头扔给我，试图把我拖出来，可试了两下，冰层嘎嘎直响，只好作罢。我沉思片刻，决定腾出一只手来，用拳头敲敲身边的冰层寻求另外的对策，果然发现冰层顺着河水走向的两侧既厚实又稳当，于是掉转身子用两手撑着爬出冰面，连跌带滚地逃到岸边。当时的气温已经降到零下二三十度，我从冰窟窿里爬出来，浑身的衣服很快变成硬邦邦的冰块。广远扶着我回到宾馆，打电话给分区宣传科一位叫巴根的同志，不一会巴根给我送来一套棉衣棉裤，外加一件皮大衣和一双翻毛皮鞋。后来一打听才知道，海拉尔电厂放出来的热水，恰巧从我们经过的冰面下流过，以致让我闹出这起死里逃生的乱子来。

过了几天，衣服在宾馆的锅炉房烘干后，广远我俩前往西新巴尔虎右旗和鄂温克族自治旗做了一些采访活动，但到处是一派冷冷清清的气氛，看不到什么"草原学大寨"的动静，只好空手而回。

相识张持坚

1977 年初，总社给了黑龙江分社三个文字记者编制的名额，分社领导决定将这三个名额分别下放到工业组、农村组、政文组，由三个组各自物色人选，将他们借调来试用一段时间，然后再上报总社办理正式调动手续。

　　我们政文组接受任务后，发动全组同志提供线索，最后形成先了解一下生产建设兵团56团宣传干事张持坚同志合不合适的意见。当年三四月的一天，我先乘火车再转乘汽车到了甘南县城，然后再从那里求一位运煤的卡车司机把我带到56团，以便利用这次出差采访的机会对小张做一些必要的考察。在跟小张接触的几天里，这位上海知青为人厚道，思路敏捷，文笔流畅的见长之处，给我留下了一些很好的印象。我还有个文人要写一手好字的偏爱，所以对小张那手端庄工整的钢笔字，也很喜欢。

　　过了不久，工业组调来了陈坚发同志，农村组调来了牟维旭同志，可我们政文组调动张持坚的事，却因分社一位领导要从某县调某人这个新的考虑被搁置下来。但试用的结果，某县这名报道干事不具备做新华社记者的素质，而张持坚却在这个过程中，被调到《农垦报》工作去了。

　　1978年孙铭惠同志调到黑龙江分社当社长，一次我向老孙提起选调小张经历的这段情况，他马上说："过几天咱俩去看看怎么样？"当老孙我俩去到佳木斯，向农垦总局党委书记王正阳同志汇报了分社的想法之后，王书记笑着说："新华社的工作很重要，你们需要张持坚，我们哪有舍不得割爱的道理嘛！"在此之后的一段时间里，黑龙江分社的"三小"（即陈坚发、牟维旭、张持坚），在宣传报道方面崭露头角的事，便成为总社国内部传扬一时的佳话。

为搞秋菜的翻车事故"揩屁股"

我在黑龙江分社工作的那 10 年，正好赶上生活较为困难的一段时期，特别是每年一到秋天，要让分社每个同志家里准备好储藏在地窖下面够吃一个冬天的蔬菜，便成为分社忙得不亦乐乎的一桩头等大事。届时，办公室一声令下，几乎人人都踊跃参与，联系好购买土豆、白菜、大葱、大蒜、白萝卜、红萝卜的地点之后，紧接着就是组织人员下乡将这些东西抢运回分社，然后再分门别类过秤卖给各家各户，显示出一种团结友爱、共渡难关的志气和氛围。

山河农场的场长王树仙同志，是抗美援朝停战后转业到北大荒工作的我的云南老乡，因此分社曾经到山河农场拉过好几次土豆。1977 年搞秋菜那一次，分社派出一名记者陪同山河农场的驾驶员，用一辆大挂车拉上 10 来吨土豆直奔分社而来。车子进入明水县城吃午饭时，分社这位同志和驾驶员虽然不敢喝白酒，但也喝了好几瓶啤酒。车子开出明水县城行驶到一个不大的拐弯处，驾驶员转不过神来，未及时扭动方向盘，便一下子冲向道旁的深沟里，车子翻了，幸运的是没有伤着人。接到报警电话，分社社长程晓侯带上我立即赶往出事地点查看情况，这之后为这起翻车事故"揩屁股"的工作便落到了我的头上。

我待在车子出事地点的那个生产队，受伤爬窝的车子如何修好交还山河农场，从车上卸下来的土豆如何赶快运走不让它冻坏，成了十分棘手的难题。向当地政府求援，人家也有人家的难处。后来才想出请大庆帮忙修车，再请山河农场派辆车来帮忙运土豆的主意。经过分社领导和有关同志的反复联系，大庆果然开来一辆拖车将受伤的车子拖走，山河农场也重新派来一辆卡车把土豆运到分社。

现在忆及这桩 20 多年前为分社搞秋菜"揩屁股"的往事，可是程晓侯同志，还有山河农场那位我的云南老乡王树仙同志，却早已成了驾鹤西归的故人……

（本文原载于《新华社黑龙江分社社史》一书）

我终于见到了毛主席

在 1968 年那个特殊的年代里见到毛主席，这也是我人生旅途中一件难以忘怀的事情。

1949 年春天，中共地下党领导的滇桂黔边区纵队第六支队，来到我的家乡滇东北会泽县打游击。有一天，十几个身背长枪的游击队员来到我当帮工的那户地主家"打浮财"，他们对我说："现在穷人翻身了，你回家吧！"我背上游击队撮给我的两升米回到家中，已有几名游击队的男女青年在村子里发动群众，把工作开展起来了。这年秋天，游击队建立的地方政府在乡上办了一所小学，我也因此获得了上学读书的机会。从 1954 年到 1964 年，全靠国家助学金的支持，我才有条件上了 6 年中学又读了 4 年大学。1964 年我从云南大学中文系毕业后，被分配到新华社云南分社工作，从此成为国家通讯社的一名记者。

青少年时期的这些经历，让我在心底里总是涌动着一股对共产党、毛主席无限感激的情怀。从报刊上、电影里看到的毛主席，总觉得他是那样的令人可亲可敬，因而产生了"要是哪一天有机会能够亲眼看看毛主席该有多好啊"的这种奢望。

这一天竟然无意中降临到我的头上。

1968 年 8 月，总社军管小组将国内各分社的一批工作人员集中到皇亭子办学习班，"斗私批修"克服派性，坚定履行国家通讯社职能的信念。一天下午两三点钟，军管小组负责办学习班的干部，突然把大伙招集到院子里并分别坐上几辆大客车，然后让司机开上车就往外跑，到底要我们到哪里去干啥他们也不说。车子顺着复兴门大街、西长安街一直往东开，然后在人民大会堂前面的广场上停了下来，这时，一列列清一色的部队干部，正顺着台阶进入人民大会堂，地方上的"杂牌军"似乎只有我们国内各分社在总社参加学习的两百来人。走进会场，我们新华社这支"队伍"被安排在二楼最前面的几排凳子上就座。会场的主席台上什么摆设也没有，空荡荡、静悄悄的，也没有人出来跟我们打声招呼，说说这次集会的目的。

不一会，只见身穿灰色长大衣，头戴灰色遮阳帽，脚上穿的依旧是那双黑皮鞋的毛主席，首先从主席台后面向前走来，跟随其后的便是林彪、周恩来、康生、江青、陈伯达、吴法宪等人。刹那间，会场里所有的人都齐刷刷站起来，举着拳头连续不断地呼喊着"毛主席万岁"，"敬祝毛主席万寿无疆"的口号。因为我们新华社这批人站在二楼最前边，又居高临下，主席台上的情景看得格外清楚。当毛主席出现在我眼前的时候，觉得好面熟啊，如同这之前就已经在哪里见过他似的。骤然间一想，这是因为过去通过阅览报刊、看电影，对毛主席的形象烙印太深的缘故造成的错觉。

这一天，毛主席一脸严肃的表情，什么话也没有说，只是频频向会场里的人们挥手。隔着一段距离跟在毛主席后面的林彪、周恩来等人，从主席台前边走过之后便依次排成一个横列，面对着会场默默地站在台上。只有站在台前的毛主席，不断把目光转向会场的每一个角落，同时不断向站在那里的人们挥动着手臂。整个会场里，依旧洋溢着一片尽情呼喊口号的热烈气氛。不一会，在毛主席的带领下，台上的"中央首长"相继向后台走去。这时，大概是毛主席听到会场里仍在不断高呼的口号声，又独自一人转身来到前台，并从头上摘下帽子拿在手上挥动着来回走了两圈，这才重新向后台走去。

　　1968 年，"文化大革命"闹到了几乎不可收拾的地步，全国一些地方的两派仍在进行武斗，部队的"三支两军"也呈现出极为复杂的局面。大概就是在这样一种形势下，当年 8 月毛主席和其他"中央首长"接见部队干部时，我们在总社学习的国内各分社这批工作人员，也因此沾光见到了毛主席。

　　　　（本文曾刊载于新华总社《老年生活》杂志）